KB269535

매이

표지 그림 이서현

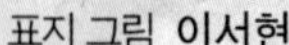

이주현

좋아하는 것들을 이야기할 때 가장 신이 난다. 그런 마음으로 사소하지만 따뜻한 것들을 나누는 것을 좋아한다. 오랜 시간 교실에서 아이들과 지내며, 학생들이 힘든 순간을 마주할 때 어떻게 위로해야 할지 오래 고민했다. 그래서 내 이야기를 건네 보기로 했다.

매이

이주현 장편소설

푸른길

1. 모두 다르게 생긴 눈송이

"눈이다!"

손바닥 위로 막 내리기 시작한 눈송이 하나가 내려앉았다. 추위에 빨개진 코를 한 번 킁 들이마시고는 손을 눈 가까이 올려 눈송이를 들여다보았다.

"진짜 모양이 다 다르잖아?"

오늘처럼 눈이 펑펑 내리던 겨울 방학식 날 담임 선생님께 서 해 주신 말씀이 떠올랐다. 내리는 눈이 다 똑같이 하얗게 만 보여도, 그 안에 눈송이들은 모두 다르게 생겼다고 말이 다. 다 다르게 예쁘고, 특별하다고. 너희도 그렇다고. 선생님 은 그 말을 끝으로 방학 인사를 마치셨다.

'모두 다르고, 특별하다.'

선생님이 해 주셨던 마지막 말씀이 계속 맴돌고 그때 마주쳤던 시선이 내 마음을 찡하니 울렸었다. 요즘 내 마음을 가장 무겁게 하는 고민과 관련된 말이라서 그랬을까? 글쓰기도, 운동도, 공부도 다 잘하지만, 아무리 생각해도 딱 꼬집어 엄청 잘하는 것도, 다른 친구들처럼 '내가 이건 최고지!' 하는 것도 딱히 없어서 조급해지고, 괜히 친구들이 부러워지기만 하는 요즘이었다.

손발을 툭툭 털고 눈과 함께 생각을 허공에 눈송이 마냥 날려보내며 문 손잡이를 잡았다. '찰랑'하는 기분 좋은 종소리와 함께 글쓰기 학원의 문이 열렸다.

"안녕하세요!"

"매이 왔니?"

"네! 선생님 밖에 눈 와요!"

"네 머리 위를 보니 그런 것 같구나."

미소를 지은 원장 선생님이 어깨와 모자에 쌓인 눈을 툭툭 털어 주었다. 예쁘다고 감탄했던 눈송이들이 따뜻한 학원 바닥에 떨어져 곧바로 녹아 버리는 모습을 보니 약간 미안했다.

"추우니까 얼른 교실로 들어가 있어. 선생님은 오늘 새로 오는 친구랑 같이 들어갈게."

"네!"

엄마가 어렸을 때부터 가장 친한 친구가 엊그제 옆 동으로 이사를 왔다. 나도 어릴 때부터 보았던 이모였다. 어젯밤 엄마에게 소식을 듣자마자 환호성을 질렀다.

이모에게 나보다 한 살 어린 딸이 있는데, 만날 때마다 어찌나 죽이 잘 맞는지 세상에서 가장 신나게 놀았다. 나와 전혀 다르게 붙임성 좋고 활발한 성격이라 만나자마자 놀이터를 뛰어다니며 신나게 술래잡기를 했었던 즐거운 기억이 머릿속 깊이 남아 있었다. 이모가 미국에 가 버리는 바람에 3년쯤 못 보긴 했지만, 그래도 만나면 여전히 반가울 것이다.

그런 라희가 오늘 자신이 다니는 학원으로 온다. 이모가 학원을 알아볼 때 매이 언니가 다니는 학원에 따라다니고 싶다는 이야기를 했다며 어제 엄마가 웃으며 전화 통화하는 것을 옆에서 들었다. 아직도 매이 언니 껌딱지라는 행복한 놀림과 함께 들려오는 이모의 목소리가 신나 보였다.

핸드폰에도 엄마의 당부 문자가 와 있었다.

[라희는 오늘 학원에 처음 가는 거니까 매이가 잘 챙겨줘.]

[라희가 너 본다고 신나서 학원 갔다더라.]

[오늘도 파이팅, 우리 딸~.]

학원 문을 다시금 힐끗거렸다. 그러고는 종종걸음으로 복도 가장 끝까지 걸어가 '5·6학년'이라는 팻말이 붙은 교실 문을 열었다. 따뜻한 교실에는 이미 친구들이 와 있었다.

"매이 안녕!"

"안녕 소윤. 밖에 눈 와! 책 다 읽었어?"

"으, 이번 책 너무 재미없어~. 너는 다 읽었어?"

내 질문에 소윤이는 곧바로 책상에 엎어지며 앓는 소리를 냈다. 그런 소윤이를 보고 코트를 벗으며 대답했다.

"응. 난 겨우 다 읽었어. 그리고 이번엔 글 쓰는 데 평소보다 시간이 더 걸렸지 뭐야."

"으엑, 너 글쓰기까지 다 했어? 나는 숙제는커녕 책도 다 못 읽었는데!"

"아 김소윤, 아니 김소윤 누나, 너는 숙제도 안했냐~."

"오호 매일 안 하다가 오늘 한 번 했다 이거지? 이게 어디 누나한테 까불어!"

한 학년 어린 선우가 소윤이를 놀려 댔다. 그런 둘을 보고 키득키득 웃으며 자리에 앉아 가방을 책상 위로 올렸다. 책을 꺼내는 사이 지환이가 들어왔다. 키가 큰 지환이가 두꺼운 패딩에 목도리까지 둘둘 말고 있으니 꼭 커다란 눈사람처럼 보였다. 덕분에 순식간에 작은 교실이 꽉 차는 기분이 들었다.

"윤매이 안녕. 심선우 너는 오늘도 김소윤한테 시비 거냐."

"누나 놀리는 게 재미있단 말이야."

“이게 진짜?”

네 명밖에 안되는 교실이지만 금방 시끌벅적해졌다. 두 달 가까이 되는 겨울 방학 동안 학원에서 매주 보다 보니 학년이 다른데도 불구하고 이제는 다들 단짝처럼 친해졌다.

게다가 올해 지환이와 소윤이와는 같은 반이 되었다. 새 학기마다 친구 사귀는 것을 조금 부담스러워했기에 친구들이 갑자기 엄청나게 든든해 보였다.

늘 엄마가 물어보는 “올해는 누구랑 가장 친해?”라는 질문이 가장 싫고 어려웠다. 어렸을 때부터 엄마들끼리 친했던 지환이는 그나마 편하고 좋은 친구지만, 학교에서 계속 함께 다니기에는 어느 순간부터 성별이 달라서 힘들었다.

선우와 축구 게임 이야기를 나누는 지환이를 잠깐 보다가 목도리를 예쁘게 정리하고 있는 소윤이에게로 눈을 돌렸다.

소윤이는 2년째 같은 반에, 학원도 두 개나 같이 다니고 있다. 6학년 때도 같은 반이니 이제 3년째 같은 반이 됐다. 한 학년에 8반까지 있는 큰 학교에서 ‘이 정도면 운명이다!’라는 생각이 들 정도의 확률이었다. 실제로 소윤이도 방학식 날 반 편성을 보고 가장 먼저 달려와 “우리 또 같은 반이야! 운명이야!” 하고 소리쳤었다.

개학이 다가올수록 소윤이와 이번에도 같은 반이 된 것이 엄청나게 다행스럽게 느껴졌다. 한편으로는 늘 주변에 친구가 많은 소윤이에게는 자신이 가장 친한 친구가 아닐텐데 하는 서운함과 나는 왜 소윤이처럼 친구가 많이 없을까 하는 약간의 조바심이 밀려왔다.

새로운 학년의 시작까지 이틀밖에 남지 않은 요즘, 며칠 새 이리저리 걱정만 늘어나고 있었다.

'잘하고 싶은데. 올해 괜찮을까.'

끙 하는 소리를 들은 소윤이가 눈짓으로 무슨 일이냐는 듯 물어 왔다. 그런 소윤이의 물음에 작게 고개를 저었다.

"아, 그러고 보니 오늘 우리 학원에 새 친구 와!"

세 명의 시선이 한번에 몰렸다.

"누구?"

"몇 학년이래?"

"5학년이고, 우리 학교로 전학 올 거야."

"여자야 남자야?"

"전학이면 어디서 왔대?"

소윤이가 신이 나서 물었다. 어젯밤 축구 경기와 핸드폰 게임 이야기를 넘나들던 선우와 지환이도 앞다투어 질문을 쏟아 냈다.

"여자야. 선생님이 같이 들어오신다고 먼저 들어가서 기다리라고 하셨어."

"아싸! 남자애들 맨날 게임 이야기만 해서 너무 시끄러워."

"누나, 우리가 언제!"

"너희 학원에 와서 지금까지 축구랑 게임 이야기밖에 안 했거든!"

"그런데 매이 너는 아는 애야?"

"그러게? 너 어떻게 미리 알았어?"

친구들의 이어진 질문에 채 대답도 하기 전 교실 문이 열렸다. 일순간 아이들이 입을 다물고 기대에 찬 얼굴로 고개를 빠르게 돌렸다.

선생님 뒤로 어깨까지 오는 단발을 한 여학생이 빨갛게 언 볼을 하고 들어왔다.

"다들 교실 밖까지 목소리가 다 들려. 무슨 이야기를 그렇게 신나게 했어? 책 이야기는 아닐 거고."

"우아, 새로운 친구다!"

"안녕!"

"안녕? 이름이 뭐야?"

정신없이 질문을 쏟아 내는 친구들 사이에서 라희에게 눈웃음을 지으며 조용히 시선만 던졌다.

'이렇게 질문을 받으면 당황하지 않을까?'

부끄러움이 많은 나로서는 내가 만약 저 상황에 있다고 상상하는 것만으로도 아찔해지는 기분이 들었다.

"안녕! 내 이름은 정라희야! 잘 부탁해!"

라희가 신이 난 얼굴로 선생님이 소개하기도 전 씩씩하게 인사를 건넸다.

"매이 언니!"

이번에는 친구들의 시선이 단번에 자신에게로 몰렸다.

"라희 어머니께서 라희랑 매이랑 친하다고 하시던데 진짜 그런가 보구나. 라희가 들어올 때부터 매이 언니 안에 있냐고 설레서 묻던데."

선생님의 가벼운 놀림에도 라희는 신난 표정으로 나를 보고 웃었다. 하얀 얼굴에 볼만 빨갛게 언 라희의 얼굴이 꼭 만화 속 캐릭터 같다고 생각하며 마주 웃었다. 내 얼굴을 본 라희가 신이 난 강아지처럼 빠르게 발을 움직여 바로 옆 책상에 앉았다. 고개를 돌려 라희에게 소곤소곤 인사를 건넸다.

"오랜만이야! 잘 지냈어?"

"응 언니도 잘 지냈어? 진짜진짜 보고 싶었어!"

그냥 두면 라희의 인사가 더 길어질 것 같았는지 선생님이 작게 기침 소리를 내며 칠판 앞으로 움직이셨다. 그런 선생님의 의도를 알아채고는 라희에게 입 모양으로 '조금 이따 이야기하자'는 말을 전했다.

대충 분위기가 정리되자 곧바로 수업이 시작됐다. 오늘의 수업은 책을 읽은 후, 주어진 주제에 대해 글 쓴 것을 바탕으로 자신의 이야기를 나누는 것이었다. 읽어야 할 책은 모두 두 권이었는데 한 권은 『어린이를 위한 철학사』였다. 소윤이가 읽기 어렵다고 찡찡거렸던 책이다.

"자 그럼 철학사 수업은 이쯤 마무리하고, 두 번째 책으로 넘어갈까? 이건 좀 재미있었지?"

"네!"

"철학사는 너무 어려워요."

"그러니 이제 좀 쉬운 거 하자. 다들 글쓰기 노트 꺼내고. 음, 누가 먼저 책에 대한 감상평을 이야기해 볼까?"

다른 한 권은 그냥 청소년 문학이었다. 라이벌 관계인 친구가 있다. 대화를 앞두고 주인공은 라이벌인 친구에게 방해를 받는다. 하지만 그런 방해에도 주인공은 좋은 결과를 낸다. 결국 라이벌 친구는 주인공에게 사과를 하고 둘이 좋은 친구가 된다는 조금 뻔하다면 뻔한 이야기였다.

읽는 내내 정정당당하지 못한 라이벌이 나쁘다고 생각했다. 그리고 역시 질투하는 사람은 못생겼다고도.

칭얼거리는 친구들을 보다가 걱정스러운 마음으로 옆을 힐끗힐끗 쳐다보았다. 미국에서 학교를 다니던 라희가 한국에 들어온 지 이제 겨우 일주일쯤 됐다고 들었기 때문이다. 그런 내 걱정을 아는지 모르는지 라희가 가장 먼저 손을 들었다.

"오, 라희가 먼저 말 할 수 있겠니?"

"네! 저 책 다 읽고 왔어요!"

라희가 뿌듯한 얼굴을 하며 나를 쳐다보았다. 칭찬을 바라는 얼굴이었다. 그런 라희를 보며 싱긋 웃었다.

"저는 누군가를 부러워하고 질투하는 게 꼭 나쁘다고 생각하지 않아요."

라희가 모두와 한 번씩 눈을 마주치며 자신 있는 목소리로 생각을 또박또박 말했다. 걱정을 단번에 가라앉히는 힘 있는 목소리였다.

"물론 책처럼 남에게 해코지를 하는 건 나빠요. 그걸 괜찮다고 하는 건 아니에요. 그런데 질투하는 마음은 어떻게 보면 스스로가 더 잘 할 수 있는 힘이 되어 줄 수도 있다고 생각해요."

뭔가 다른 라희의 말에 친구들의 얼굴에 약간의 놀라움이 스쳐 지나갔다.

"그럴 수도 있겠네."

"맞아. 나도 내 친구가 게임 레벨 높은 거 보면서 나도 빨리 잘해야지 하고 더 밤 새서 한 적 있어.”

“야, 그건 아니지!”

“우리 선우는 그렇게 게임이 좋아서 어쩌지?”

선생님의 부드러운 핀잔이 따라왔다.

“맞아. 다들 질투나 시기, 열등감을 나쁘다고만 생각하는데 라희처럼 생각하는 것도 좋다고 생각해. 칭찬은 고래도 춤추게 한다고 하지? 칭찬에도 물론 이렇게 큰 힘이 있지만, 사람들이 안 좋다고 생각하는 부정적인 감정도 분명 잘 사용하면 우리를 더 잘 춤추게 하는 힘이 되지 않을까?”

이어진 선생님의 말씀에 아이들 각자 다 생각에 잠겼다. 평소에 잘 듣지 못했던 말이기 때문이다.

사실 나도 마찬가지였다. 책 속의 친구가 주인공의 물건을 훔치고, 방해하고, 헛소문을 퍼뜨리는 행동들이 나올 때마다 눈살을 찌푸렸다. 그냥 비겁하고 나빠 보이기만 하고, 이런 생각을 하는 것 자체가 이 친구가 나쁜 애라는 증거라고 생각했다.

그러나 라희의 말은 내 생각과 반대였다. 그리고 선생님의 말씀까지 듣고 보니 또 다르게 생각해 볼 수 있었다. 그런 생각을 할 수 있고, 또 그걸 자신 있게 말할 수 있는 라희가 대단하고 부러워졌다.

예정보다 십 분쯤 수업이 더 길어졌다. 라희의 말 이후로 친구들도 각자 경험을 이야기하며 생각을 다시 정리했기 때문이었다. 평소보다 서로 더 많은 이야기를 나누어서 그런지 수업이 끝난 후에 다들 라희와 부쩍 가까워진 듯했다.

"너 이번에 우리 학교 온다고?"

라희랑 같은 학년인 선우가 물었다.

"응! 몇 반인지는 목요일 개학 날 가면 알려 주신대! 너희는 몇 반이야?"

"나는 7반이야."

"나 가면 친한 척해 주는 거다?"

"그럼~. 우린 이미 친구지!"

이미 세상 단짝이 된 것 같은 두 사람을 보며 목도리까지 꼼꼼히 매고 라희를 기다렸다. 오자마자 이렇게 모두와 친해진 라희라면 저런 말을 할 필요도 없이 개학 날부터 반 전체와 친구가 될 수 있을 것이다. 나도 모르게 작은 한숨을 내쉬었다.

"언니! 나랑 같이 가!"

"응. 너 기다렸지."

엉망진창인 라희의 코트 모자와 가방끈을 바르게 고쳐 주었다. 라희는 혀를 작게 빼물고 한 번 웃더니 "언니가 짱이야!

고마워!" 하고는 팔짱을 쏙 꼈다.

"엄마가 맨날 나 이렇게 덤벙댄다고 잔소리해."

"겨울이라 옷이 두껍고 많아서 그래."

"언니 말 진짜 위로 된다. 우리 엄마도 그렇게 생각해 주면 좋으련만."

라희와 나란히 밖으로 나가니 눈이 그쳐 있었다.

"언니! 우리 그때 갔던 호떡집 아직도 있어?"

"겨울은 호떡이지!" 하며 유쾌하게 소리치던 이모의 모습이 떠올랐다. 겨울만 되면 둘을 이끌고 호떡집 앞에서 '앗뜨뜨' 하며 먹었던 기억도 말이다.

"응! 저기 사거리에 아직도 있어. 우리 오랜만에 갈까?"

"와! 너무 좋아! 안 그래도 엄마가 언니랑 같이 먹고 오라고 용돈도 주셨어."

라희와 함께 짧은 거리를 걸으며 그동안의 이야기들을 나누었다. 미국에 가서도 라희는 라희답게 씩씩하고 친화력 좋게 지내다 온 듯했다. 그 잠깐 사이에 등장한 이름이 두 손을 넘었다.

"거기서 힘든 일은 없었어? 처음 갔을 때 이름 때문에 울었다며?"

"우아, 언니 기억력 진짜 좋다. 그때 언니한테 엄청 울면서 전화했었지? 정작 나는 잊고 있었는데."

"네가 그때 얼마나 울었는데. 걱정 많이 했어."

"맞아. 말은 잘 안 통하지, 엄마가 새로 지어 준 영어 이름은 어색하지, 친구는 없지 얼마나 서러웠는데! 엄마는 그것도 모르고!"

라희가 주먹을 쥐고 분하다는 듯 허공에서 작게 콩콩거렸다. 하얀 장갑을 낀 손이 꼭 찐빵 같다고 생각하며 익숙하게 호떡을 두 개 주문했다. 바로 김이 폴폴 나는 호떡이 나왔다. 컵 주변으로 냅킨을 둘둘 감싸 라희에게 먼저 건넸다.

"어릴 때도 느꼈지만 언니는 진짜 세심해. 아마 언니가 옆에 있었으면 그렇게 안 울었을 거야."

라희의 작은 호들갑을 보며 그저 웃었다.

"오늘은 흘리면 안 돼. 패딩에 흘리면 이모가 분명 한 소리 하실걸."

"내가 그러는 게 하루이틀인가. 흘리면 언니가 감아 준 냅킨으로 쓱 닦고 모르는 척하지 뭐."

한 쪽 눈을 찡긋한 라희가 후 입김을 한 번 불고는 호떡을 크게 베어 물었다.

"여전히 맛있어!"

라희는 입에 호떡이 들어 살짝 뭉개진 발음으로 신나게 말했다. 따끈하고 달큰한 호떡에 몸이 살살 녹는 기분이었다.

"나 울었던 거 이야기하니 생각난다. 늘 언니 이름 진짜 예쁘다고 생각했어! 게다가 언니는 어디에서도 이름 안 바꾸고 그대로 부를 수 있잖아!"

라희의 말을 듣고 조금 놀랐다. 지금까지 자신의 이름이 특이하긴 해도 예쁘다거나 좋다고 생각하지 않았기 때문이다.

5월에 태어나기도 했고, 하루 중 새벽을 가장 좋아하는 엄마가 두 가지 모두를 이름에 담고 싶어 '새벽'이라는 뜻이 담긴 한자 '새벽 매昧'를 써서 '매이'라고 이름을 지었다고 했다.

"엄마는 왜 새벽이 좋아?"라는 매이의 질문에 "새롭게 시작되는 시간이니까? 왜, 사람들은 가끔 힘든 일을 어둠이나 밤에 비유하잖아. 새벽은 그런 밤이 물러나고 새로운 아침이 밝아 오는 시간이고 그래서 엄마는 새벽이 좋아. 그래서 우리 매이도 힘든 일이 있다면 잘 물리치고 씩씩하게 나아갔으면 좋겠어."라던 엄마의 말이 떠올랐다.

"매이, 메이, 오월. 언니 이름은 언니를 닮아서 따뜻하고 봄 같아."

저렇게 말해 주는 라희가 고맙기도 신기하기도 했다. 그리고 이런 생각을 할 수 있다는 것이 부러웠다. 순간 간지러운 기분에 나는 호떡을 오물오물거리며 씩씩하게 걷는 라희의 모습에 눈웃음을 지었다.

"아까 눈 와서 미끄러워. 조심히 걸어야 해."

"응!"

집까지 가는 그 짧은 사이에 호떡 하나씩을 홀라당 다 먹어 치웠다. 밀린 이야기를 나누다 보니 어느새 집까지 왔는지, 언제 호떡을 다 먹었는지도 생각이 나지 않았다. 다행히 라희도 나도 찐득한 설탕물을 흘리지 않고 먹는 고난도 미션에 성공했다.

"언니 안녕! 학교에서 봐!"

신나게 손을 흔든 라희가 아파트 현관으로 도도도 달려갔다. 그런 라희의 뒷모습을 보며 오늘 학원에서 했던 이야기들을 다시 한번 생각했다.

'누군가를 부러워하고 질투하는 게 진짜 꼭 나쁜 일만은 아니지 않을까.'

오늘만 해도 자기가 부러워했던 친구들의 좋은 점들을 떠올렸다.

'나도 소윤이처럼 친구가 많았으면.'

'나도 라희처럼 낯을 가리지 않았으면.'

다시 생각해 보아도 자신이 할 수 없는 것을 부러워하는 건 썩 유쾌한 기분이 아니었다. 생각할수록 내가 할 수 없는 것들에 대한 불만만 쌓이는 기분이었다.

'그런데…… 나는 소윤이나 라희처럼 해 본 적이 있었나?'

생각해 보니 두 사람을 부러워하기만 했지, 두 사람처럼 적극적으로 먼저 행동해 본 적이 없다는 것을 깨달았다. 마음속에 한 가지 궁금증을 품은 채 따뜻한 집으로 들어갔다.

2. 알을 깨고 나온 병아리

집에서 분명 씩씩하게 나선 것 같은데 학교 계단을 오르면 오를수록 1센티씩 작아지는 기분이었다. 6학년 교실이 있는 5층에 도착했을 때는 콩알보다도 작아진 것 같았다.

책가방 양쪽 끈을 꽉 잡으며 '2반'이라고 적힌 팻말을 올려다보았다. 가방끈을 꽉 잡는 건 긴장할 때마다 나오는 버릇이었다.

'이 문을 열면 누가 있을까.'

'올해도 친구들이랑 잘 지낼 수 있을까.'

첫날이라 가방에 든 게 별로 없어 무겁지도 않은데 걱정 때문에 교과서 열 권은 들어 있는 것같이 느껴졌다.

어떻게든 긴장을 풀려고 손에 힘을 한 번 더 세게 주었다가

놓았다.

'괜찮을 거야.'

속으로 기합을 한 번 더 넣었다.

그러고는 교실 문을 드르륵 열었다. 문이 생각과는 다르게 부드럽게 열렸다. 이런 사소한 것 하나에도 '올해는 이렇게 잘되지 않을까?'라고 의미를 부여할 정도로 마음의 동앗줄이 필요했다.

"윤매이!"

"소윤!"

구세주를 만난 기분이 이런 걸까. 혼자가 아니라는 안도감이 몰려왔다. 소윤이에게 인사를 건네며 소윤이 주위에 있던 친구들을 둘러보았다. 첫날부터 친구들에게 둘러싸인 소윤이가 부러웠다.

"네 자리 여기래! 내 옆이야!"

소윤이가 신이 나서 말했다. 소윤이 옆에 앉아 있던 친구가 자신이 오는 것을 보고는 자리에서 일어났다. 그러고는 "안녕?" 하고 먼저 인사를 건넸다. 나도 한 박자 늦게 인사를 했다. 그러나 "이름이 뭐야?"라고 물어보려고 입을 뗀 순간 예비종이 울렸다. 물어볼 틈도 없이 친구들이 빠르게 각자 자리로 가 버렸다.

굉장히 큰 기회를 하나 놓친 것 같다는 조바심이 들었다. 애써 괜찮을 것이라 생각하며 소윤이 옆자리에 앉았다.

“우리 담임 선생님 누구일까?”

소윤이가 끙 하는 소리와 함께 물었다.

“그러게. 이제 6학년이라고 선생님들이 무서우면 어쩌지?”

“작년 우리 담임 선생님 너무 좋았는데.”

고개를 끄덕이며 입술을 살짝 뾰족하게 모았다. 작년 담임 선생님은 지금까지 만난 그 어떤 선생님보다도 좋았다. 안 될 걸 알면서도 올해도 똑같은 선생님이길 어젯밤까지도 두 손 꼭 모아 기도를 했다.

그러나 동시에 ‘내가 바란 건 늘 안 이루어지던데.’ 하며 애써 기대를 죽였다. 나는 내가 생각해 봐도 운이 그리 좋은 편이 아닌 것 같았다.

소윤이와 몇 마디 나누지도 않았는데 금방 수업을 알리는 종이 울렸다. 두 달 만에 들으니 종소리도 반가웠다. 떠들던 친구들의 목소리가 살짝 줄었다. 동시에 복도에서 선생님들의 목소리가 들렸다. 그 소리들 사이에서 자신이 세상에서 가장 좋아하는 목소리가 들리는 것 같았다.

‘제발!’

곧이어 앞문이 열리고 익숙한 얼굴이 보였다.

"우아!"

나도 모르게 작은 탄성을 내질렀다. 그런 환호성을 내지른 게 나 혼자만이 아니었다.

"여기에 이미 아는 반가운 얼굴들이 꽤 있네요. 우리 작년에는 5학년 교실에서 봤죠? 올해는 6학년 교실에서 다시 만났네요."

세상에서 가장 존경하는 사람이 누구냐고 묻는다면 이건 바로 대답할 수 있었다.

[한시원]

선생님이 흰 분필을 들고 또박또박 이름을 쓰셨다. 그러고는 다시 뒤로 돌아 학생들과 하나하나 눈을 마주쳤다.

이름처럼 시원하게 웃은 선생님이 "모두 올 한 해도 잘 부탁합니다!"라며 인사를 건네셨다. 작년에 한시원 선생님 반이었던 학생들도, 그걸 부러워했던 다른 반 학생들도 모두 한마음 한뜻으로 양 손바닥이 얼얼해지도록 손뼉을 쳤다.

나도 소윤이와 마주 보고 헤실헤실 웃으며 누구보다도 크게 박수를 쳤다. 방학 내내 기도를 한 보람이 있었다.

올해 무엇이든지 잘될 것 같다는, 잘할 수 있다는 자신감이 마음 한구석에서 퐁퐁 솟아나는 기분이었다.

＊＊＊

 개학식 날이 좋은 이유는 4교시를 하기 때문이다. 평소와 다르게 일찍 끝나 모두가 들떠 있었다. 소윤이와 함께 집을 가기 위해 한 층 내려가자, 타이밍 좋게 라희를 만났다. 누가 먼저랄 것도 없이 "라희야!", "언니!" 하는 인사가 동시에 울렸다.

 덕분에 라희의 주변에 있던 친구들의 시선이 우리 둘에게 쏠렸다.

 '오늘이 첫 등교 아닌가?'

 고개가 자연스럽게 갸우뚱할 정도로 라희 주변에 친구들이 꽤 많았다.

 "얘들아! 우리 언니야!"

 "라희 너 언니가 있었어?"

 "안녕하세요!"

 라희의 한 마디에 안 그래도 시끄러운 복도가 순식간에 더 시끄러워졌다. 두 사람은 비밀을 공유하는 사람들만이 지을 수 있는 은밀한 미소를 주고받았다.

 "내일 봐!"

 라희가 친구들에게 큰 소리로 인사를 건네고는 폴짝거리며 뛰어왔다.

"나도 언니들이랑 같이 집에 가도 돼?"

"그러엄."

"아침에도 같이 왔는데, 갈 때도 같이 가야지?"

자신의 말에 라희가 "꺄!" 하고 과장된 환호성을 지르며 팔짱을 꼈다. 라희는 그런 과한 표현이 밉지 않은 애였다. 소윤이도 라희가 귀여운 듯 킥킥거리며 웃었다.

의도치 않게 키가 반에서 가장 큰 소윤이와 5학년치고 그렇게 크지 않은 라희, 둘 가운데에 내가 섰다.

"도레미야?"

"그렇네. 키 순서대로 도레미~."

소윤이와 같이 농담을 하자 라희도 마음에 든다는 듯 소리를 내며 웃었다. 좋아하는 언니들 사이에 껴서 '도'라는 한 축을 담당하게 된 것이 너무 좋다는 표정이었다.

"나는 얼른 쑥쑥 커서 파! 파 할 거야!"

나는 얼른 까치발을 들며 소윤이와 눈높이를 맞추었다.

"그럼 난 솔!"

라희가 한술 더 떠 말했다.

한바탕 시시콜콜한 농담을 하며 와르르 웃음을 쏟아낸 세 명의 발걸음이 가벼웠다.

“그러고 보니 오늘 학교는 어땠어?”

“오! 오늘 라희 우리 학교 첫 등교였구나?”

“담임 선생님도 좋고, 친구들도 좋아! 나 벌써 친구 완전 많이 생겼다?”

“오올. 정라희 짱인데?”

소윤이가 진짜 친동생을 대하듯 라희의 머리를 쓱쓱 쓰다듬었다.

“언니들 담임 선생님은 누구셔? 좋아?”

“응! 한시원 선생님이라고, 5학년 때도 담임 선생님이셨는데 올해 또 담임 선생님이야!”

“그렇게도 될 수 있구나. 진짜 신기하다.”

“아, 그리고 보니 윤매이 너 이번에도 학급 임원 선거 안 나갈 거야?”

“그게…….”

소윤이의 갑작스러운 질문에 입이 꾹 닫혔다. 선생님께서 종례 때 다음 주 월요일에 곧바로 임원 선거가 있다고 말씀하셨다.

“우아! 언니 회장 선거 나갈 거지?”

“으응? 아니아니. 나는…….”

“친구들이 나도 선거 나가래! 회장 뽑아 주겠다고!”

"라희 하루 만에 친구들의 신뢰를 한몸에 받는 거야? 짱인데? 어휴, 윤매이 얘는 맨날 내가 나가라고 나가라고 부추겨도 부회장만 나간다?"

소윤이의 애정 섞인 타박에 나도 모르게 얼굴이 살짝 붉어졌다. 사실 부회장도 겨우 나가는 것이기 때문이다. 늘 '나도 회장이 되고 싶다.'는 욕심과 '떨어지면 어쩌지?'의 불안, 둘의 줄다리기 사이에서 항상 불안이 이겼다.

소심해 보이는 걸 알면서도, 회장 선거에 떨어졌을 때의 창피함을 감당할 자신이 없었다. 정확히는 친구들이 '쟤는 회장감도 아닌데 왜 나왔대?', '윤매이는 회장으로서는 좀…….' 등으로 생각할까 봐 한발 물러섰었다.

그리고 나서는 매번 일 년 내내 아쉬워 했다. '내년에는 꼭!'이라는 결심만 몇 년째였다. 그러나 손 들기 직전 그 마음은 슬그머니 마음 한구석으로 다시 숨어들었다.

부회장 선거에는 자원해서 잘 나가고, 늘 당선도 되었다. 그러나 스스로 정해 놓은 자신의 선은 거기까지였다.

올해는 초등학교에서의 마지막이었다. 이번 기회가 아니면 중학교가 올라가서는 더더욱 아무것도 용기 내어 하지 못할 것 같다는 생각이 들었다. 그래서 선생님의 말씀을 들었을 때 마음이 울렁울렁거렸다. 더구나 라희가 가볍게 말하는 것을 들으니 마음 한구석에서 '어라?' 싶은 마음이 솟아났다.

"그래도……, 나보다 더 잘하는 친구도 있을 수 있고, 떨어지면 좀……, 그렇잖아……."

"아니 매이 언니가 회장이 안 되면 누가 회장을 하냐구!"

주먹을 불끈 쥐며 투사처럼 소리를 지른 라희를 보며 소윤이가 옆구리를 쿡 찔렀다.

"봐. 넌 모두에게 인정받는 애라니까!"

"인기투표가 아니잖아! 물론, 인기투표를 해도 매이 언니는 무조건 되겠지만, 신뢰와 책임의 아이콘 하면 윤매이 아니냐구!"

라희가 자신의 한 쪽 팔을 붙잡고 대롱대롱 매달리듯 몸을 붙여 왔다.

"……라희 너는 선거 나갔다가 떨어지는 거 안 무서워?"

라희에게 조심스럽게 물었다. 소윤이와 라희가 자신의 작아져 버린 속마음을 알아차릴까 조금은 부끄럽기도 했다.

"뭐가 무서워! 회장 선거에서 떨어진다고 내가 우리 반에서 쫓겨나는 것도 아니구. 애들이 나 싫어한다는 뜻도 아니구. 그냥 회장 된 친구가 나보다 조금 더 우리 반에 어울리나 보다~ 하는 거지 뭐."

자신은 한 번도 라희처럼 '별것 아닌 것'이라고 생각해 본 적이 없었다. 가벼운 라희의 말에 마음을 누르고 있던 돌멩이 하나가 툭 떨어져 나가는 느낌이 들었다.

＊＊＊

"자, 그럼 먼저 회장 선거부터 할까요? 회장에 입후보하고 싶은 사람?"

선생님의 말씀이 끝나자, 친구들 두세 명이 손을 들었다. 나는 모르는 척 책상 아래로 고개를 숙이고는 엄지손톱 옆에 난 거스러미를 뜯었다.

"더 없나요?"

옆에서 소윤이가 "야, 윤매이. 너 이번에도 진짜 안 나가?" 하고 목소리를 낮추어 물었다. 계속 손가락만 괴롭히는 나를 보고 소윤이가 고개를 절레절레 저을 때였다.

'아, 모르겠다.'

눈을 질끈 감고 손을 번쩍 들었다. 그런 자신을 보고 선생님이 눈웃음을 지으며 말했다.

"네, 좋아요."

후보는 나까지 해서 총 세 명이었다. 같은 반을 했던 친구도 있고, 전교 회의 때 봤었던 친구도 있었다.

곧 앞에 나가 발표할 차례였다. 준비했던 말을 머릿속으로 다시 한 번 정리해 보았다. 그리고 교실 앞으로 나가 서서 숨을 크게 쉬고 친구들의 얼굴을 바라보았다.

번호 순으로 앉은 터라 가장 앞자리에 지환이가 있었다. 지환이가 응원의 의미로 고개를 작게 끄덕이며 입 모양으로 작게 "떨지마."라고 속삭이는 것이 보였다. 그런 지환이의 눈을 보며 입을 뗐다.

"안녕하세요. 6학년 2반 친구들의 마지막 한 해를 날이 밝아 오는 새벽 햇살처럼 눈부시게 빛나게 하고 싶은 윤매이입니다."

처음이 어렵지, 말을 시작하자 그다음은 자연스러웠다. 짧은 발표를 끝내자, 모든 친구들이 일제히 박수를 쳐 주었다. 친구들에게 고개 숙여 인사를 하고 자신의 자리로 돌아왔다. 의자에 앉자 소윤이가 내 등을 툭 치면서 "수고했어."라고 말했다.

문득 어렸을 때 할머니네 집 마당에서 쪼그리고 앉아서 막 부화하던 병아리를 본 기억이 떠올랐다. 병아리가 안에서 부리로 콕콕 쪼자, 껍데기에 금이 조금씩 가기 시작했다. 엄마 닭은 그걸 응원하듯 병아리가 다 나올 때까지 다른 곳으로 가지 않고 옆에서 가만히 지켜보았다.

방금 자신이 그 병아리가 된 것 같았다. 뭔가 마음속에 기분 좋은 금이 하나 난 기분이었다.

투표가 시작되었다. 매해 하는, 심지어 올해는 후보가 세 명밖에 되지 않는 학급 선거였지만 분위기는 자못 진중했다.

어른들이 보기에는 그저 학급 선거로만 보일지라도, 학생들에게는 큰 의미가 있다. 투표용지를 받아든 아이들은 숨소리도 크게 내지 않았다. 덕분에 종이에 샤프가 사각사각 갈리는 소리가 더 잘 들렸다.

'다른 애들은 누구를 적었을까.'

잠깐 고민하다 투표용지에 '**윤매이**'라는 이름 세 글자를 또박또박 적고는 표를 걷으려 돌아다니시는 선생님의 노란 바구니에 쏙 넣었다.

개표는 순식간이었다. 맨 앞자리라는 이유로 개표 위원으로 선택당한 지환이가 표를 하나하나 열어 이름을 부를 때마다 심장이 하늘에서 땅까지 롤러코스터를 타는 기분이었다. 어린이집을 다니기 전부터 거의 10년 가까이 들었던 익숙한 목소리지만 지금은 세상에서 가장 낯설게만 들렸다.

"윤매이."

지환이가 바구니에 있던 가장 마지막 표까지 읽고는 선생님을 돌아보았다. 선생님이 다 됐다는 뜻으로 고갯짓을 하자 지환이가 자리로 돌아왔다. 뒤쪽에 앉은 자신을 보며 지환이가 씨익 웃어 보였다.

선생님이 초록색 칠판에 하얀 분필로 이름을 크게 쓰셨다. 탁탁 분필이 칠판에 부딪히며 나는 소리가 꼭 응원봉 소리 같다는 생각이 들었다.

[회장 당선인 : 윤 매 이]

"올해 우리 학급의 회장은 '윤매이'입니다. 매이 앞으로 나와서 뽑아 준 친구들을 향해 당선 소감 말해 볼까?"

친구들이 박수를 치는 가운데 앞으로 나갔다. 얼떨떨한 기분이었다.

스스로가 '나는 이만큼이야.'라고 그어 놓은 선에서 한발 더 나아갔다. 아까와 똑같은 자리에 서서 다시 한번 친구들을 바라보았다. 긴장해서 보이지 않았던 친구들의 눈빛이 보였다. 그 안에는 미처 보지 못했던 믿음과 애정이 보였다. 몽글해진 마음을 끌어안으며 친구들에게 인사를 건넸다. 자리에 앉아 있는 소윤이가 '거 봐.'라는 눈빛으로 자신을 보았다.

＊＊＊

수업이 모두 끝나고 4층으로 가자마자 라희가 헐레벌떡 뛰어왔다.

"언니언니! 어떻게 됐어?"

"안녕하세요. 회장 윤매이입니다."

옆에서 소윤이가 짓궂게 인사를 대신했다. 그런 소윤이와 라희를 보며 나는 손가락으로 브이를 그리며 밝게 웃었다.

"헐! 봐 봐! 내가 될 거라고 했잖아!"

라희는 본인이 더 신난다는 듯 콩콩 뛰었다.

"그런데 라희 너는?"

"아, 우리 학교 교칙에 학교에 한 학기 이상 다녀야지만 후보로 나갈 수 있다지 뭐야? 후보자 연설까지 멋있게 발표했는데! 발표하고 나서야 선생님이 깜빡하셨다고 말씀하셨어."

"그런 교칙이 있었구나. 몰랐어."

"그래서 손 번쩍 들고, 앞에 나가서 애들한테 멋있게 발표만 하고 끝. 꽝! 다음 기회에!"

라희가 장난스레 오늘 있었던 일을 가볍게 말했다.

"안 서운해?"

라희에게 조심스레 물었다. 사실 생각해 보면 굉장히 민망한 상황 아닌가.

"응! 뭐 어때. 다음에 또 하면 되지 뭐. 애들이 다음에 무조건 나 뽑아 준대!"

짧다고 표현하기에도 너무 짧은 그 며칠 사이에 라희는 친구들과 엄청 친해진 모양이었다. 하긴, 자신이어도 통통 튀는 라희에게 끌렸을 것 같다.

"대신 우리 반 체육 부장을 맡았지롱!"

"우아!"

순간 회장이 된 나보다, 나는 도전할 생각도 못했던 역할을 맡은 라희가 더 크게 느껴졌다.

"그럼 회장님과, 체육 부장님! 갑시다, 집으로!"

소윤이가 한 팔을 위로 쭉 뻗고 크게 외쳤다.

"예!"

라희가 소윤이와 박자를 맞추며 발을 콩콩 굴렀다. 둘은 발랄한 발걸음으로 먼저 뛰어 걸어갔다. 단짝처럼 붙어가는 둘을 보자 좋았던 기분이 조금 가라앉았다.

'만약 나라면 그 상황에서 라희처럼 괜찮다고 생각할 수 있었을까?'

라희는 저렇게나 가벼운데 나는 왜 그러지 못할까 하는 생각이 들었다. 그리고 아직도 말을 한 번도 나눠 보지 않은 친구들이 많은 자신과 반대로 모든 친구와 단번에 친해진 라희의 차이는 무엇일지 궁금해졌다.

라희 덕에 못 할 것이라 생각했던 것을 한 가지 성공했다. 동시에 스스로에게 또 한 가지 질문이 쌓였다.

3. 노오란 레몬 사탕

“톡톡.”

책상을 두드리는 익숙한 손에 읽던 책에서 눈을 뗐다. 고개를 드니 보이는 지환이의 얼굴이 찬 봄바람에 코끝과 볼이 발갛게 얼어 있었다. 지환이와 시계를 번갈아가며 보았다. 시계는 8시 35분을 조금 넘기고 있었다.

“일찍 왔네?”

선생님이 정한 ‘교실에 8시 50분까지!’라는 규칙에 아슬아슬하게 겨우 맞춰서 등교하는 지환이다. 늦어도 15분에는 교실에 들어와 책상을 정리하고 책을 보는 자신에게는 늦은 시간이었지만, 지환이에게는 매우 이른 시간이었다.

“응. 엄마가 이거 정라희 갖다주라고 하셨는데.”

지환이의 손에 들린 것은 라희의 글쓰기 노트였다. 매이와 친구들이 다니는 글쓰기 학원의 원장님이 지환이의 어머니셨다. 어제 학원에 라희가 흘리고 간 것을 원장님, 그러니까 지환이의 어머니가 챙겨서 보내신 모양이었다.

라희가 이 학교로 전학해 온 후에는 매일 같이 등하교했다. 아침에 별말이 없었던 걸로 보아 라희는 아마 자신이 노트를 잃어버린 것을 까맣게 모르고 있는 게 분명했다.

"다음 시간까지 숙제해야 하잖아. 그런데 내가 걔 반에 들리기에는 좀 그래서."

왜 지환이가 자신에게 왔는지 단번에 이해했다. 같은 학년이어도 다른 반에 가서 남자 친구가 여자 친구를 찾는다면 '오~' 하는 짓궂은 놀림을 하는 애가 하나는 꼭 있는데, 다른 학년이라면 더더욱 많은 눈길을 받을 터였다.

"알겠어. 내가 갖다줄게."

"고마워. 아, 그리고."

말하다 말고 패딩을 주머니에 손을 쏙 넣었다 뺀 지환이가 눈앞에 손바닥을 펼쳐 보였다. 노란색 레몬 사탕 세 개가 손 위에 예쁘게 올라와 있었다.

"나 대신 심부름 해 주니까."

"어, 이거 내가 좋아하는 거다! 잘 먹을게!"

원장님이 가끔 수업이 끝나고 책상에서 사탕을 하나 주실 때마다 늘 지환이는 신맛 하나 없는 포도 맛을, 나는 레몬 맛을 골랐다.

"도대체 그 신 걸 무슨 맛으로 먹어?"

"흥, 맛있는데 내 레몬 사탕 구박하지 마."

늘 내가 레몬 맛 사탕을 고를 때마다 질색하던 지환이가 떠올랐다. 그런데도 일부러 자신이 좋아하는 맛으로 골랐다고 생각하니 가슴이 기분 좋게 두근거렸다.

시간도 남았으니 지금 바로 갖다주고 와야지 하는 생각으로 자리에서 일어났다. 뒤돌아 본인 자리로 돌아가는 지환이의 양쪽 귀가 빨갰다.

'밖이 그렇게 추웠나?'

고개를 갸우뚱하며 뒷문으로 향했다. 뒷문을 여는 순간 교실로 막 들어오던 지호와 부딪혔다. 그 충격에 손에 헐겁게 들려 있던 라희의 노트가 바닥에 떨어졌다.

"으악, 미안!"

"미안, 못 봤어."

누가 먼저랄 것도 없이 서로 사과를 했다. 허리를 숙여 노트를 집으려는데, 떨어지면서 펼쳐진 노트에 원장님의 빨간색 글씨가 보였다.

‘매우 훌륭! 저번에도 그렇고, 이번에도 라희만의 독특한 생각이 잘 드러나 있네요!’

그리고 별 다섯 개까지.

칭찬에 인색하신 분은 아니었지만, 그렇다고 칭찬을 남발하시는 분도 아니었다. 나도 늘 잘한다는 칭찬을 듣지만, 이렇게 별 다섯 개를 받은 글은 1년 동안 다니면서 몇 번 받아본 기억이 없었다.

‘나한테는 이번 숙제를 어떻게 말씀해 주셨더라?’

노트를 주워 툭툭 털었다. 자리에서 일어날 때와는 다르게 라희의 교실로 내려가는 발걸음이 무거웠다.

입안에서 아직 살살 녹고 있는 레몬 사탕이 애써 기분을 달래 주었다. 사탕을 입안에서 몇 번 더 굴렸다. 침이 삭 도는 신맛이 눈앞에 둥둥 떠다니던 빨간 별 다섯 개를 힘겹게 밀어냈다.

“라희야.”

교실 뒷문에서 빼꼼 교실 안으로 고개를 넣어 라희를 불렀다. 라희는 여러 명의 친구와 함께 크게 웃고 있었다.

“정라희!”

한 번 더 크게 부르자 그제야 “어? 언니!” 하면서 뒷문으로 총총 뛰어왔다.

"우아, 언니. 우리 헤어진 지 삼십 분도 안 됐는데! 나 보고 싶었구나?"

그런 라희의 너스레에 왜인지 대꾸할 수 없었다.

"이거 노트! 어제 학원에 두고 갔다며?"

"으악! 완전 몰랐어. 고마워!"

그냥 바로 용건을 말하는 게 최선이었다.

"그런 것 같았어. 학교 끝나고 봐!"

"응. 언니도!"

라희는 강아지가 꼬리를 흔드는 것처럼 손을 붕붕 흔들었다.

다시 친구들 틈 사이로 쏙 들어가는 라희의 뒷모습을 보면서 왜인지 모르게 마음 한구석에 희미하게 비상등이 켜진 것 같았다. 그 빨간 불빛을 애써 무시한 채 다시 5층의 교실로 올라갔다.

그새 지환이가 준 레몬 사탕은 입안에서 녹아 없어졌다.

* * *

매일매일 숨은 그림 찾기를 하듯 비슷한 하루가 흘렀다. 멀리서 보면 비슷한데, 자세히 보면 '어? 여기가 조금 다르잖아.' 하는 그런 하루 말이다.

보통은 점심시간에 도서관을 갔다가 예비종이 칠 때쯤 올라와서 소윤이와 잠깐 시간을 보냈다. 그러나 오늘은 도서관에 내려가지 않기로 마음 먹었다. 이 결심은 아침에 본 라희의 뒷모습 때문이었다. 고작 며칠 새 친구들 사이에 자연스럽게 자리를 잡은 라희가 부러웠다.

일부러 평소보다 점심을 느릿느릿 먹으며 이미 다 먹은 친구들이 자연스레 본인과 친한 친구의 곁으로 가는 모습을 지켜보았다.

'그럼 나도…….'

다 먹은 급식을 정리한 후 슬그머니 소윤이의 옆으로 가 팔짱을 쏙 꼈다.

"양치하러 가자."

"그래!"

함께 양치를 하고 칫솔과 컵을 사물함에 두고 나서도 소윤이 옆을 쫄쫄 따라다녔다.

"도서관 안 가?"

"사탕 먹을래?"

소윤이의 질문에 딴소리로 대답하고는 주머니에서 아침에 지환이에게 받은 사탕을 꺼냈다.

"문지환이 줬어?"

“아, 응.”

“흐응” 하는 소리를 내며 사탕과 자신을 번갈아 본 소윤이가 “이건 네가 다 먹어.” 하고 웃었다.

자신이 있으면 불편한 건가 싶어 눈만 데굴 굴리며 그다음 어떤 말을 해야 할지 고민하는 사이, 교실 앞에서 다른 친구들이 소윤이를 크게 불렀다.

“쏘윤! 야, 유하가 스티커 갖고 왔대. 너 다이어리 갖고 왔어?”

“갖고 왔지. 물론.”

“어? 회장! 교실에 있을 거야? 이리 와서 같이 보지 않을래?”

어떻게 저 사이에 끼지 하고 고민하는데 너무나 자연스러운 친구들의 부름이 들렸다.

친구들의 손짓에 조금 어색한 몸짓으로 가까이 가자, 유하가 의자를 툭툭 치며 “매이 여기 앉아!” 하고는 손을 끌어당겼다.

소윤이가 책가방에서 다이어리를 꺼내 조금 늦게 친구들의 책상으로 왔다. 그리고 이미 그 사이에 자연스럽게 자리를 잡은 자신을 본 소윤이가 입꼬리를 한껏 끌어올리며 웃었다.

좁은 책상에 다같이 둘러앉아 삼 초에 한 번씩은 바뀌는 것 같은 주제로 정신없이 떠들었다. 친구들과 정신없이 떠들다가 주위를 둘러보니 아침에 본 라희처럼 친구들 속에 편하게 앉아 있는 자신이 보였다.

양치를 했는데도 입안에 달콤한 레몬사탕 맛이 느껴지는 것 같았다.

4. 잘난 정라희 돌고래

"다녀왔습니다!"

"이모, 안녕하세요!"

"우리 딸 왔어? 아이고 우리 예쁜 라희도 왔구나!"

엄마와 라희가 서로 껴안고 현관에서 폴짝폴짝 뛰었다. 그런 엄마의 뒤로 누군가 빼꼼 보였다.

"매이, 안녕?"

"이모!"

이번에는 두 팔을 활짝 벌린 라희 엄마의 품에 내가 폭 안겼다. 이모에게 늘 나던 좋은 향기가 났다.

어릴 때는 늘 좋은 향이 나던 이모가 부러웠다. 작가인 이모는 집에서 글을 쓰는 경우가 많았기 때문에 집에 있을 때가 많았다. 라희가 어렸기에 더더욱 그러기도 했다. 그래서 병원에서 일하는 엄마와 아빠가 야간 근무가 있거나, 주말에 출근을 해야만 할 때는 자연스레 라희의 집에 가게 되는 경우가 많았다.

엄마가 아닌 이모와 라희의 손을 잡고 동물원이나 놀이공원, 궁궐 등 안 가 본 곳이 없을 정도로 매주 놀러 다녔다. 밤에는 이모가 읽어 주는 동화책을 들으며 라희와 깔깔 웃기도 했다.

라희 엄마가 이모가 된 것처럼, 라희 아빠는 자연스레 나에게 삼촌이 되었다. 삼촌은 양손에 나와 라희의 손을 하나씩 잡고는 놀이터에 가서 함께 놀아 주셨다. 하늘에 닿을 정도로 밀어주는 그네를 신나게 타기도 하고, 때로는 경찰이나 도둑이, 심지어는 무시무시한 괴물이 되어 주며 신나게 뛰어노는 재미를 알려 주었다.

그림자 놀이를 처음 배운 것도 삼촌에게서였다. 라희네 집에서 같이 자는 날 밤이면 늘 방의 한쪽 벽면에는 삼촌 손에서 만들어지는 여우, 늑대, 강아지가 온갖 흥미진진한 이야기를 만들어 냈다.

신나게 웃고 떠들고 뛰어놀던 시간이었지만 동시에 이런 엄마와 아빠가 있는 라희가 너무 부러웠다. 엄마와 아빠에게

서운한 마음이 파도처럼 마음에 철썩거리며 몰려왔다. 그리고 나는 그 파도에 휩쓸려서 허우적거렸다. 파도가 거센 날에는 '메이데이. 메이데이.' 하며 책 어디에선가 보았던 구조 신호를 입에서 되뇌기도 했다.

그러나 어느 순간 그 구조 신호에 스스로 응답했다. 이모와 엄마 중 옳거나 나은 사람은 없고 서로 그냥 다르다는 것을. 이모는 이모가 잘하는 것을 하는 것이고, 우리 엄마는 엄마가 잘하는 것을 우리 가족, 그리고 매이 자신을 위해 하고 있다는 것을 말이다.

어렸을 때는 부럽기만 했던 이모의 향수 냄새가 오늘은 그냥 좋기만 했다. 아무 생각이 들지 않았다. 좀 이따 엄마의 손을 잡으면 늘 엄마에게서 나는 약한 소독제 향이 나겠지만, 이제는 그 향이 더 좋고 뿌듯했다.

"이모, 엄마랑 어디 가세요?"

"아니, 오늘 너랑 라희 수영장 데려다주러. 너희 엄마는 아빠한테 뭐 갖다주러 가야 해서 시간 안 되신다길래 이모가 출동했지?"

"수영장이요?"

"응! 라희가 이야기 안 했니? 오늘부터 라희도 매이랑 같이 수영장 다닐 거야. 미국에서는 학교에서 배웠는데, 한국은 따로 다녀야 하잖아? 그리고 라희야 뭐 당연히 매이 언니 따라 같은 수영장 가겠다고 하지.”

옆에서 듣고 있던 라희가 민망한 듯 웃었다. 그러면서 작게 “서프라이즈!”라고 나에게 속삭였다. 아마 나를 깜짝 놀라게 해 주려고 입이 근질거리면서도 오늘까지 참은 모양이었다.

“이모. 그런데 라희는 어릴 때 물 무서워 하지 않았어요?”

이모에게 묻자, 옆에 있던 라희가 빠르게 대답했다.

“나 미국 가기 전에 언니 수영 대회 나갔던 거 구경 갔었는데 기억나?”

대회까지는 아니지만, 매해 시에서 학생들을 모아 놓고 수영 경기를 연다. 여러 가지 종목을 정해 놓고, 기록을 측정해 인증서를 주는 방식이었다. 일곱 살 때부터 물을 좋아하는 아빠를 따라 수영을 다니다가, 3학년 때부터 매해 경기에 참가하고 있었다. 그해 처음 나갔던 대회에서 초등학교 저학년부에서 가장 좋은 기록을 냈었다.

좋아하는 것 중 하나인 수영은 그날로 자랑할 만한 것이 되었다. 그리고 동시에 앞으로도 계속, 반드시 잘해야만 하는 것으로도 말이다.

“나 그때 언니 하는 거 보고 수영 배우겠다고 엄청나게 떼 썼거든. 그런데 바로 미국에 가느라 언니랑 같은 수영장에 못

다녔잖아. 그래도 거기에서 배워서 이제는 언니랑 같이 다닐 수 있어! 같은 시간에 같은 반이지롱!”

라희는 뿌듯한 표정으로 말했다.

“나는 언니가 하는 거 꼭 다 같이 할 거야!”

“어휴. 저 언니 따라쟁이! 엄마보다 매이 언니가 좋지?”

이모의 가벼운 타박에 라희가 나를 보며 큭큭 웃었다. 그 웃음에 자신도 모르게 같이 따라 웃게 됐다. 그러나 왠지 모르게 마음 한구석이 불편했다.

미리 챙겨 둔 수영 가방을 들고 이모 차의 뒷좌석에 올랐다. 옆에 탄 라희는 앞에 운전하는 이모에게 오늘 학교에서 있었던 일을 미주알고주알 이야기하느라 정신이 없었다.

발랄한 라희의 목소리를 흘려 들으며 창밖으로 지나치는 풍경을 보는데 주머니에서 짧은 진동이 울렸다.

[오빠가 먹고 싶대서, 저녁에 엄마가 피자 먹으러 가자는데 윤매이 시간 됨?]

소윤이가 보낸 메시지였다.

[문지환도 같이 갈 거야~]

[나 오늘 7시까지 수영ㅠㅠ]

[아 맞다, 오늘 수요일이구나.]

[라희도 오늘 같이 가지?]

자신은 방금 안 사실을 소윤이가 먼저 알고 있었다는 것에 기분이 미묘해졌다.

'소윤이는 라희보다는 나랑 더 친한데? 내 친구인데……?'

[넌 어떻게 알았어?]

[라희가 엊그제 학원에서 자랑하더라. 너랑 같이 수영 다닌다구.]

소윤이가 자신과만 이야기해야 하는 건 아니었지만, 둘만의 비밀이 있었다는 사실에 마음에 손톱보다도 작은 가시가 하나 돋아났다.

[너 놀래켜 준다구 비밀이라고 해서 말 안 했는데, 서운했다면 미안.]

안 그래도 요즘 부쩍 소윤이와 라희가 많이 친해진 모습에 왠지 모를 질투가 났던 차였다.

라희는 내가 좋아하는 동생이다. 그리고 내가 라희를 좋아하는 것보다도 라희가 나를 더 많이 좋아한다. 마음의 크기를 잴 수 있다면 왠지 라희의 마음이 더 클 것 같다고 생각하고 있던 요즘이었다.

그렇기에 라희에게 질투를 느끼고 부러워하는 요즘, 스스로의 모습이 이상하게 느껴졌다. 분명히 모두 다 별것 아니었기 때문이다. 거기에 소윤이의 사과까지 받고 나니 스스로가 굉장히 치사한 사람이 된 것 같아졌다.

[뭐가 미안해~. 피자 맛있게 먹어!]

[너가 없어서 좀 덜 맛있을 듯. 흑흑]

[수영 잘 다녀와!]

하트가 가득한 소윤이의 문자를 확인하고 핸드폰을 주머니에 쏙 넣었다.

그 사이 이모가 운전하는 차가 수영장 앞에 멈췄다.

"라희! 언니 따라서 잘하고 나올 수 있지?"

"그러엄!"

"늘 잘하지만, 매이도 수영 잘하고, 이모는 끝나는 시간에 맞춰서 앞에서 기다릴게."

"네!"

둘을 향해 손을 흔드는 이모에게 인사하고, 함께 탈의실로 들어갔다. 이미 온 몇몇 친구들이 나에게 인사를 했다.

"엇? 정라희다!"

그리고 라희에게도.

"너도 여기 다녀?"

"응! 나 여기 2년 넘게 다녔어."

"우아! 나는 오늘부터 매이 언니랑 같이 다니기로 했어!"

라희는 처음 온 장소에서도 전혀 기죽지 않고 어디든 꼭 원래 자기 자리였던 것처럼 행동했다.

자신의 옷을 먼저 차곡차곡 넣어놓고는 엉망진창으로 벗어 놓은 라희의 옷가지와 물건들도 가지런히 정리해 주었다.

"언니 고마워."

라희가 한쪽 눈을 찡긋하며 말했다.

"나는 갠다고 갠 건데, 언니가 해 준 걸 보니 내가 한 건 그냥 뱀 허물 같잖아?"

라희의 너스레에 그냥 한 번 웃고는 사물함을 닫았다. 두 사람은 빠르게 샤워하고 수영장으로 들어갔다. 수업이 진행되는 레인으로 가자 익숙한 친구들과 선생님이 몸을 풀고 있었다.

"안녕하세요. 오늘 처음 온 정라희라고 합니다!"

선생님이 시키기도 전에 라희가 씩씩하게 자기소개를 했다.

'나는 첫 수업 때 어땠더라?'

그러자 쭈뼛거리며 레인 구석에서 눈동자만 굴렸던 자신이 생각났다.

'그런데 라희는……'

"삐익—."

정각을 알리는 시계 소리에 생각이 끊어졌다. 목을 이쪽저

쪽으로 늘리면서 하고 있었던 생각을 애써 정리해 물속으로 흘려보냈다.

요즘 습관적으로 라희와 자신을 비교하고 있었다.

라희와 나는 '다르다'. 내가 못하는 것을 라희가 더 잘한다고 해서 내가 틀렸다거나, 못한다는 것이 아니라는 것을 분명 안다.

아니, 알고 있다고 생각했는데, 요즘은 그냥 라희가 다 맞고 나는 다 틀린 것처럼 느껴졌다. 낯을 가리는 것도, 부끄러움이 많은 것도, 먼저 나서지 못하는 것도 틀린 것 같다. 언니인 자신보다도 라희가 영어를, 글쓰기를 더 잘한다. 그러니 내가 잘못된 것처럼 느껴졌다.

이제 알게 된 지 몇 주밖에 안 된 라희와 소윤이가 몇 년이나 알고 지낸 나만큼 친해 보였다.

순식간에 0점짜리 시험지를 받아 든 것 같았다. 그 시험지의 점수를 스스로 매겼다는 것을 알면서도, 어떻게 고쳐야 할지 알 수가 없었다.

고개를 숙이자 얼굴이 수영장 물에 비쳤다. 흔들리는 수면 위로 일그러져보이는 내 얼굴이 꼭 요즘 속마음 같아 너무 보기 싫었다. 손장난을 치는 척 물을 손으로 한 번 튕겼다. 그러자 순간이지만 얼굴이 물 위에서 사라졌다.

“삐이이익―”

호루라기를 분 선생님에게로 학생들의 시선이 모였다.

“새로 온 친구는 어느 정도 하는지 한번 볼까? 선생님이 친구 볼 동안 다른 사람들은 옆 레인으로 가서 늘 하던 대로 몸 풀기 200m 합시다.”

선생님의 말씀에 친구들과 함께 옆 레인으로 넘어갔다. 이렇게 물속에서 줄지어서 수영할 때면 예전 다큐멘터리에서 본 펭귄들의 수영 같다고 늘 생각했다. 이렇게 한 마리의 펭귄이 된 것 같은 이 순간을 매우 좋아했다.

그러나 지금은 그런 생각이 하나도 들지 않았다.

선생님의 출발 신호에 맞추어 물 속으로 잠수하니 순식간에 세상이 고요해졌다. 자신의 마음도 이처럼 조용해지길 바라며 어느 때보다도 세게 다리를 움직였다.

네 바퀴를 연속해서 돌고 나오자 숨이 찼다. 그새 라희도 다 돌았는지 선생님 옆에 서 있었다.

“라희, 팔돌리기랑 발차기 자세가 굉장히 좋은데?”

“감사합니다!”

혁혁거리는 거친 숨소리 사이에서도 선생님이 라희를 칭찬하시는 목소리가 또렷하게 들렸다.

순간 마음속으로 '왜 하필 같은 수영장이어서.'라는 생각이 스치고 지나갔다.

"자, 그럼 다들 다시 순서대로 서 볼까? 라희는 음, 매이랑 민준이 사이에 서면 될 것 같네. 아까 보니 속도도 빨라서 앞쪽에 서도 될 것 같아."

'하필 지금 같은 때에……'

마음속에서 기포처럼 퐁퐁 솟구치는 뾰족한 감정들에 고개를 숙이고 수면만 바라보았다. 라희가 양팔로 물살을 가르며 다가와 옆에 섰다. 그 덕에 물이 흐트러졌다가 다시 제자리를 찾았다.

살짝 일렁이는 수면에 다시 비친 얼굴은 역시나 여전히 미워 보였다. 그러나 고개를 들고 옆의 라희와 마주 보며 웃고 싶지 않았다.

이럴 수도, 저럴 수도 없어서 그냥 힘든 척 눈을 감았다.

"자, 그럼 기본 자유형부터 다시 돌자. 한 바퀴씩 돌고 쉬었다가 다시 출발하는 걸로 5세트만 먼저 하자."

선생님의 말씀이 끝나자마자 곧바로 벽을 박차고 출발했다. 물속 세상은 언제나 고요하고 편했다. 그러나 오늘은 아니었다.

코에서 보글보글 나오는 기포는 화산의 용암 같았고, 몸을 타고 흐르는 물은 피부를 따끔따끔 찔러 왔다. 그중 가장 크게 부글부글 끓고 있는 건 자신의 마음이었다. 얼마 전 켜졌던 희미한 비상등이 조금 더 빠르고 선명하게 반짝거렸다.

도대체 기분이 왜 이렇게 엉망진창으로 널뛰는지 알 수 없었다. 지금 느끼는 감정들에 어떤 이름을 붙여야 하는지도 말이다.

하나도 집중하지 못한 채로 한 바퀴를 겨우 다 돌고는 곧바로 다시 출발선에 섰다. 타이머를 보고 다시 출발하려던 내 어깨를 선생님이 잡았다.

"매이야. 오늘 팔 돌리는 게 왜 이렇게 급해. 그러다 보니 호흡, 발차기, 팔돌리기까지 다 박자가 안 맞지."

선생님의 지적에 아랫입술을 꾹 물었다. 입안으로 굴러 들어온 수영장 물이 씁쓸했다.

"매이는 일단 한 바퀴 쉬고 숨 좀 고르고 다시 하자."

"……네에."

"다음 친구 출발."

선생님이 뒤에 있던 라희에게 출발 신호를 주었다. 라희가 길게 잠수했다가 퐁 하고 수면 위로 솟아올랐다. 파란 수모를 쓴 라희가 꼭 돌고래 같이 보였다. 누구나 좋아하는 귀엽고 인기 많은 돌고래. 똑똑한 돌고래. 자신보다 수영을 잘하는 돌고래.

점점 멀어지는 라희를 보면서 이게 요즘 라희와 자신의 거리 같다고 느꼈다. 분명 같은 출발선에서 시작한 것 같았는데. 아니 분명 언니인 내가 앞서고 있다고 생각했는데, 어느 순간 훌쩍 앞서 가 버린 라희가 보였다.

레인의 맞은편에 도착한 라희 뒤로 다른 친구들도 하나둘씩 줄을 섰다. 선생님은 라희에게 다시 출발하라는 신호를 보내고, 동시에 내 등도 툭 치셨다.

선생님의 출발 신호를 받은 두 사람이 동시에 반대쪽에서 출발했다.

레인의 중간쯤에서 서로 스쳐 지나갔다. 그럴 리 없다는 것을 알면서, 나는 라희가 가르는 물살에 저 멀리 떠밀려 내려가는 느낌이 들었다.

5. 내가 닮고 싶은 사람

'봄이다!'라는 탄성이 절로 나오는 날씨와 하늘이었다. 구름이 예쁘게 떠다니는 봄 하늘을 배경으로 **[제33회 매화 예술제]**라는 현수막이 두둥실 떠 있었다.

우리가 살고 있는 매화시는 매년 매화나무에 꽃이 만개하는 때에 맞추어 큰 문화제를 열었다.

팝콘 같은 꽃이 몽글몽글 가득 핀 공원 앞쪽으로는 여러 가지 행사를 위한 큰 무대가 설치되어 있었고, 다른 한쪽으로는 푸드트럭이 길게 자리 잡고 있었다. 매콤하고 달콤한 냄새를 사방으로 내뿜으며 손님을 유혹하는 트럭 주변으로 사람들이 꽤 길게 줄 서 있었다.

무대의 앞에는 매화시에 사는 학생들이라면 누구나 참여

가능한 글쓰기와 미술 대회를 위한 의자와 돗자리가 쭉 깔려 있었다.

시에서 열리는 가장 큰 축제의 마지막 날에 열리는 데다가, 매화시 학생들이라면 한 번은 꼭 참여하게 되는 역사 깊은 대회라 오늘 축제에서 가장 넓은 공간을 차지하고 있었다.

사람이 복작복작 모인 공원의 큰 나무 밑에 엄마와 이모가 돗자리를 깔았다. 넓은 돗자리 위에 두 가족과 지환이, 소윤이까지 모두 같이 앉아 도시락과 과일을 나눠 먹었다.

"이모 감사합니다."

예의 바르게 인사를 한 지환이가 엄마가 건네주는 샌드위치를 받았다.

"이번 주제는 뭘까?"

소윤이가 김밥을 우물거리며 말했다.

"작년에는 '봄 하면 생각나는 것'이었지?"

"맞아. 너무 뻔한 주제라 당연히 안 나올 거라고 생각해서 오히려 당황했었는데."

"그래도 윤매이 작년에 장려였잖아. 문지환 너도. 글 잘 쓰는 두 사람 진짜 부럽."

소윤이 입을 불퉁하게 내밀고 김밥을 하나 더 집어먹었다.

"언니 작년에 상 받았어?"

라희가 눈을 동그랗게 뜨고 나에게 물었다.

"응. 나는 수필로, 지환이는 동시로 장려."

샌드위치를 먹다 말고 고개를 끄덕였다. 그러다 돗자리 위에 토마토를 뚝 하고 흘렸다.

물티슈를 찾으려고 두리번거리는데 옆에서 지환이가 물티슈를 쓱 내밀었다.

"고마워."

"옷에 얼룩질라."

지환이가 묘하게 눈을 피하며 샌드위치를 한 입 더 베어 물고는 소윤이를 향해 말했다.

"그럼 올해 주제가 또 봄은 아니겠지."

"아 그건 당연한 거고~. 문지환 너 어머니께 뭐 들은 거 없어?"

이곳에서만 학원을 십 년 넘게 운영하신 지환이 어머니는 매해 대회 관련해서 한 가지씩 일을 맡곤 하셨다.

"우리 엄마 성격에 그런 거 나한테 말해 주시겠어? 그리고 이번에는 그냥 자원봉사라 아예 모르신대."

"쳇, 아쉽다."

아쉽다는 말과는 달리 펼쳐진 도시락 이쪽저쪽을 오가는 소윤이의 양 볼이 다람쥐처럼 빵빵했다. 그런 소윤이의 얼굴을 또며 두 엄마들이 도시락을 좀 더 가까이 밀어주었다.

"그러고 보니 올해도 소윤이는 그림, 매이는 수필, 지환이는 동시니?"

"네!"

세 아이가 동시에 대답을 했다.

"라희도 수필로 나간대요."

내가 새빨간 딸기를 하나 콕 집어먹으며 덧붙였다.

"그러고 보니 너도 예전에 학생 때 여기서 상 받았었지?"

엄마가 웃으며 맞은 편의 라희 엄마에게 물었다.

"맞아. 그때부터였나, 내가 작가가 되겠다고 다짐한 게."

"라희는 보면 볼수록 딱 너 어릴 때 보는 것 같아."

"당연하지. 내 딸인데!"

라희의 볼에 자신의 볼을 마구 부비며 이모가 말했다.

"그 엄마에 그 딸이라 라희도 한 글솜씨 하겠네. 이번에 라희도 상 타고, 작가 되겠다고 하는 거 아니야?"

"아닐 걸. 우리 라희는 워낙 하고 싶은 게 많아서. 아마 올해만 꿈이 열 번은 바뀌었을 거야. 그리고 맨날 엄마가 타자만 두드리고 있으니까 그거 딱 보기 싫대. 흑흑."

이모가 장난스럽게 우는 시늉을 하자, 라희가 "아 엄마 그런 뜻이 아니잖아~." 하며 애교 있게 품으로 안겼다.

그 모습을 보며 말없이 딸기를 하나 더 집어먹었다.

요 몇 주 학원에서 대회를 위한 글쓰기 수업이 있었다. 그때 본 라희의 글은 자신이 봐도 훌륭했다. 매번 원장님의 별 다섯 개가 따라붙는 글이었다.

남들이 볼 때는 그래 봤자 도토리 키재기 아니냐고 하겠지만, 그 도토리 중 하나인 내가 느끼기에 옆에 있는 '정라희 도토리'는 월등히 크고 반질반질한 도토리였다.

라희를 이렇게까지 의식하게 된 데에는 또 다른 이유가 있었다. 요즘 부쩍 단순히 책을 많이 읽고 좋아하는 걸 넘어서, '나도 언젠가 이런 글을 써 볼 수 있을까?' 하고 진지하게 고민을 하고 있기 때문이었다.

몇 년 만에 다시 만나게 된 이모가 글을 쓰는 모습을 보게 되면서부터 생각이 많아졌다. 어릴 때는 그냥 단순히 좋은 이모, 잘 놀아 주는 이모였다면, 지금은 '소설가'라는 직업이 먼저 눈에 들어왔다.

생각해 보면, 이모는 말하는 단어들도, 매해 생일마다 써 주는 편지 속 문장들도 다른 어른들과는 조금씩 달랐다. 늘 그게 너무너무 멋있었다. 그리고 이제는 그냥 멋있다고 생각하는 것에서 더 나아가 나도 저런 글을, 문장을 쓰는 사람이 되고 싶다고 생각하게 되었다.

그래서 요즘 이런저런 이유를 붙여 라희네 집에 더 자주 가고 있었다. 물론, 라희는 늘 "대환영!"하며, 이제는 자연스럽게 라희의 집으로 하교하는 게 하나의 일상처럼 굳어졌다.

집에 간다고 해서 이모와 많은 이야기를 나누거나 시간을 보낼 수 있는 건 아니었다. 유명 작가인 이모는 써야 할 원고가 그 세계를 잘 모르는 내 눈에도 많아 보였다. 그래서 이모는 주로 이모 방에서 글을 쓰고, 우리는 거실이나 라희 방에서 숙제를 하거나 놀았다.

이모와 특별히 무언가를 같이 하는 게 아니더라도 순간순간 보이는 글을 쓰는 뒷모습, 서재에 가득한 이모의 손길이 묻은 책, 키보드의 타닥타닥 소리가 들려오는 시간들이 너무너무 좋았다.

며칠 전이었다. 우리는 여느 때와 다름 없이 하교 후 라희네 집으로 갔다. 이모가 예쁜 접시에 한 조각씩 올려준 딸기 케이크를 먹으며 책을 읽고 있었다. 자기 방에 "언니 잠시만." 하고 들어간 라희는 책 한 챕터를 다 읽을 동안에도 나오지 않고 있었다.

가끔 "으악!", "어디 있지?" 하는 소리가 요란스레 방문을 넘어오는 것을 보니 무언가를 찾고 있는 모양이었다.

그런 라희의 소리가 작업하는 이모에게 방해되지 않을까

걱정하며 곁눈질로 반쯤 열려 있는 이모의 방문을 보고 있을 때였다.

"언니언니! 이거 생각나?"

라희가 손에 알록달록한 색종이 여러 장을 쥔 채로 방에서 나왔다. 도대체 무엇을 한 건지 예쁘게 묶여 있던 머리가 살짝 헝클어진 채였다.

"응? 그게 뭐야?"

"나 미국 가기 전에 엄청 울었던 날 기억나?"

"너 그때 가기 싫다고 맨날 울었잖아."

괜히 장난스러운 말투로 라희를 놀렸다.

"치이. 어쨌든 그때 언니가 비행기에서 심심하지 말라고 만들어 줬던 그 책이다?"

"책?"

라희의 손에 들려 있던 색종이 뭉치, 아니 책을 건네받았다. 모서리도 잘 맞지 않는, 삐뚤게 접힌 색종이 한쪽에는 그림이, 한쪽에는 글이 쓰여 있었다. 한 장씩 넘기다 보니 그날이 생각났다.

라희는 그때 매일 "언니랑 헤어지기 싫어! 나 미국 안 갈래!" 하면서 울었었다. 그 앞에 앉아서 라희를 달래며 "울지 마 언니가 재미있는 이야기 해 줄게." 하면서 지금보다 훨씬 작은 손으로 서투르게 색종이를 접고, 한 글자 한 글자 글씨를 써 내려갔었다.

그러면 라희는 이내 울음을 그치고, "언니 그래서 그다음에는? 고양이 수호신은 어떻게 되는데?" 하면서 내 옆에 찰싹 달라붙어 얼른 그다음 이야기를 써 달라고 보챘다.

"이걸 아직도 가지고 있었어?"

"응! 나 이거 진짜 좋아해서, 엄마가 헤지지 말라고 앞에 비닐 커버도 씌워 줬는 걸?"

라희는 '나 잘했지?' 하는 뿌듯한 표정으로 나를 바라보았다. 그런 라희의 모습에서 자신을 향한 애정이 느껴져 빠르게 다시 색종이 책으로 시선을 내렸다. 저런 온전한 애정을 받기에 요즘 자신의 마음이 뾰족뾰족했기 때문이다.

책은 엉성한 모양새와 다르게 내용이 꽤 재미있었다. 생각해 보면 자신은 어릴 때부터 지금까지 누가 시키지 않는데도 일기를 꾸준히 썼다. 그리고 학교에서 선생님이 안내하시는 백일장이나 글쓰기 대회에도 매해 참여했었다. 글 쓰는 것은 내가 먼저 손들고 나서는 몇 안 되는 활동 중 하나였다.

'나는 글 쓰는 걸 좋아하는구나.'

'작가-윤매이'라고 쓰인 뒤표지의 글자를 손가락으로 쓸어 보다가 불현듯 깨달았다. 그리고 고개를 돌려 작업실 안 글쓰기에 열중하는 이모의 뒷모습에 자연스럽게 자신의 모습을 덧그려 보았다.

오늘 선생님께서 알림장에 '다음 주 미술: 20년 뒤 내 모습 그리기, 어떤 직업을 가지고 살아갈지 고민해 올 것!'이라고 적어 주셨다. 학교를 마치고 나오며 지환이와 소윤이에게 무엇을 그릴 것이냐고 물었다.

"난 스포츠 기자. 그럼, 축구 맨날 보지 않을까?"

"만화가! 나는 웹툰으로 꼭 성공할 거야."

두 사람의 이야기를 듣자마자 20년 후 친구들의 모습이 자연스럽게 상상이 되었다. 출입증을 달고 노트북을 한 손에 든 채 축구 경기장 속에 있는 지환이, 자신이 좋아하는 캐릭터를 신나게 그리고 있는 소윤이가 말이다.

"윤매이 너는?"

지환이가 물었을 때 바로 답을 할 수 없었다. 자신의 이름 앞에 어떤 말을 붙여도 어색하고, '이거다!'하고 떠오르는 것이 없었기 때문이다.

그런데 방금 본 '작가-윤매이'라는 단어를 보는 순간 눈앞에 작가가 된 자신의 모습이 자연스레 그려졌다.

"라희야, 나 이거 갖고 가도 돼?"

색종이 책을 품에 안고 라희에게 조심스레 물었다.

“언니 책이니까…….”

라희가 아쉬운 듯 입술을 삐쭉거리며 말했다.

“대신 다시 만들어 줄게. 색종이도 안 삐뚤빼뚤하게 접어서. 어때?”

“앗, 그렇다면 양보할 수 있지.”

3초 만에 시무룩함을 버린 라희가 눈을 반달 모양으로 휘며 환하게 웃었다.

“대신 이번에는 더 길게 써 줘야 해?”

“그럼 그럼!”

웃으며 대답하고는 색종이 책이 구겨지지 않게 가방 속 글쓰기 노트 사이에 끼워 넣었다. 이 책은 자신의 첫 책이 될 것이다.

이제 20년 후의 내 모습으로 무엇을 그릴지 확실히 정할 수 있었다.

나는 책이 가득한 방에서, 지금처럼 예쁜 딸기 케이크와 흰 우유를 앞에 두고, 가장 좋아하는 노트에 열심히 글을 쓰고 있을 것이다. 그리고 옆에는 책이 몇 권 놓여 있을 것이다. ‘작가 윤매이’라고 적힌 책들이 말이다.

＊＊＊

며칠 전의 일을 떠올리자 나도 모르게 엄마에게 원망이 담긴 눈길을 보냈다.

'엄마는 요즘 내가 무슨 생각을 하는 줄도 모르고.'

애꿎은 엄마에게 서운함의 화살이 날아갔다. 거기에 한술 더 떠 엄마가 라희에 대한 칭찬을 더 하기 시작했다.

"아니, 몇 년 만에 봤는데도 라희는 어쩜 그렇게 낯도 안 가리고 이모~ 이모~ 하면서 붙임성이 있는지."

"헤헤, 감사합니다."

엄마의 칭찬을 받은 라희가 한쪽 눈을 찡긋하며 인사했다. 나는 들리지 않는 척 일부러 소윤이 옆으로 엉덩이를 붙이며, 소윤이가 보고 있던 웹툰 화면을 같이 들여다보았다.

다행히 소윤이는 갑작스러운 자신의 행동에도 별말 없이 핸드폰을 함께 보기 좋게 움직여 주었다.

이런저런 이야기를 나누고, 핸드폰으로 사진을 찍고, 봄꽃을 구경하다 보니 도시락이 어느새 하나둘씩 바닥을 보였다. 모두의 배가 통통 불러와 "더 이상 못 먹겠어."라는 말이 나올 즈음, 공원에 경쾌한 신호와 함께 안내 방송이 울려퍼졌다.

"아아. 알립니다. 곧 초등부 예술제가 시작됩니다. 참가 하는 학생들은 1시 50분 전까지 각자 정해진 번호에 맞추어 의자에 앉아 주세요."

"다들 각자 가방에 필요한 거 잘 챙겨 왔지?"

이모가 라희의 머리를 다시 묶어 주시며 물었다. 머리를 생각보다 힘주어 잡은 탓에 눈꼬리가 평소보다 올라간 라희의 얼굴이 사막여우 같이 보여 괜히 한 번 푸핫하고 웃었다.

"네."

지환이가 흰색 크로스 백을 매며 말했다. 후드 모자에 끈이 걸려 불편해 보여 지환이의 어깨를 톡 쳤다.

"응? 왜?"

지환이가 왜 그러냐는 듯 고개를 돌리며 물었다. 덕분에 지환이와 자연스레 마주 보게 되었다. 나는 손을 지환이의 어깨 뒤로 넘겨 끈에 걸린 모자를 쏙 빼 주었다.

"모자가 걸렸잖아. 이러면 불편해."

모자를 빼 주느라 미처 신경 쓰지 못했는데 지환이의 얼굴이 생각보다 가까워 헛기침을 하며 몸을 뒤로 쑥 뺐다.

"……고마워."

지환이의 입에서 한 박자 늦은 인사가 나왔다. 지환이의 귀 끝이 방금까지 먹던 딸기처럼 빨갰다.

"어, 아, 응."

나도 한 박자 늦은 대답을 돌려주었다. 서로 바라보기도, 그렇다고 고개를 휙 돌려 버리기도 민망한 그 순간, 소윤이가 옆에서 "으악!" 하며 바닥에 놓여 있던 음료를 엎질렀다. 덕분에 모두의 시선이 그리로 쏠렸다. 옆에 있던 물티슈를 서둘러 뽑아 소윤이에게 건네주며 빨개진 볼을 숨겼다.

어른들의 도움으로 빠르게 돗자리를 정리하고, 아이들이 가방을 다 챙겨 맸다.

"다녀오겠습니다!"

근처에 있는 행사장 배치도를 다시 한번 확인한 지환이가 다른 아이들에게 "이쪽이야."라고 안내했다. 빠르게 길을 찾은 지환이 덕분에 인파에 크게 치이지 않고 자신들이 앉아야 하는 곳으로 도착할 수 있었다.

무대 앞쪽으로 배치된 글 부문과 달리, 그림 부문에 참여하는 아이들은 이젤을 펴놓아야 하기 때문에 뒤쪽에 넓은 간격으로 의자를 놔둔 것이 보였다.

"셋 다 파이팅!"

소윤이가 주변 아이들이 다 돌아볼 정도로 우렁차게 외치고는 자신의 번호가 보이는 줄로 쏙 들어갔다. 다른 세 명은 빠르게 달려가는 소윤이 뒤로 날리는 양갈래 머리를 보면서 못 말린다는 듯 웃었다.

조금 더 앞으로 가자 수필을 쓰는 학생들과 시를 쓰는 학생들을 나누는 팻말이 보였다.

"좀 이따 끝나고 봐."

"오빠 파이팅!"

나와 라희도 지환이에게 응원을 건넸다. 지환이도 나와 눈을 마주치며 "잘해."라는 담백한 인사를 남기고는 자신의 의자를 찾아 학생들 사이로 들어갔다.

그런 지환이의 뒷모습을 잠깐 바라보다가 라희와 함께 반대쪽으로 걸어갔다. 후드 모자가 지환이가 움직일 때마다 들썩거리며 움직였다.

"나는 117번인데 라희 너는?"

"나는 91번!"

"그럼 나는 이쪽으로 들어가면 되고, 라희 너는 두 줄은 더 앞으로 가야 할 것 같은데?"

"잘 쓰고 끝나고 봐!"

"그래."

자리에 앉아 안도의 한숨을 쉬었다. 왠지 라희가 바로 옆에서 글을 쓰고 있으면 수영장에서처럼 엉망진창인 글을 쓸 것 같았기 때문이다.

가방 속에서 필통을 꺼내다 손끝에 걸리는 사탕을 함께 집었다. 아까 돗자리 위 지환이가 챙겨 온 간식 꾸러미에서 레몬 사탕이 보여 '먹어야지.' 하고 집었다가 소윤이와 장난을 치느라 까먹었는데, 자신도 모르는 새 가방에 넣었었나 보다. 입안에 사탕을 쏙 넣었다. 사탕을 먹는 짧은 시간에, 잠깐이지만 상큼한 기분이 들었다. 입안에 사탕을 쏙 넣었다. 사탕을 다 먹을 때쯤 진행 요원들이 나와 자리를 정리하고는 대회의 시작을 알렸다.

올해의 주제는 '내가 닮고 싶은 사람'이었다.

'내가 닮고 싶은 사람……. 누가 있지.'

이모를 보며 '나도 저렇게 작가가 되고 싶다.'고 생각은 했지만, '닮고 싶은 사람'에 쓰기에는 무언가 딱 마음에 들지 않았다.

턱에 손을 괴고 곰곰이 고민을 하다 불현듯 고개를 들어 라희의 뒤통수를 보았다.

라희는 잘하는 게 많았다. 눈을 한 번 깜빡이는 그 짧은 사이에도 라희가 잘하는 것들이 몇 가지나 떠올랐다.

라희는 처음 만난 사람들 앞에서도 말을 잘하고, 친구도 많다. 어른들 앞에서도 낯을 가리지 않는다. 모두 다 내가 못하고, 자신이 없어 하는 것들인데 말이다. 심지어 내가 좋아하는 글쓰기도, 자신 있던 수영도 자신보다 라희가 훨씬 잘한다.

하지만 라희를 닮고 싶다고 하면 안 될 것 같다. 라희는 동생이고, 나는 언니 아닌가. 동생보다 못한 언니라니. 그렇다면 어느 누구도 나를 좋아하지 않을 것 같았다.

만약 라희가 친구였다면, 그렇다면 닮고 싶은 사람이라고 쓸 수 있었을까?

아니다. 그래도 그러지 못했을 것 같다. 그러기에는 마음 한구석이 너무너무 불편했다.

지금 라희에게 느끼는 이 기분은 단순히 소윤이나 지환이가 잘하는 것들을 보며 느끼는 감정과는 완전히 달랐다.

차라리 소윤이를 닮고 싶다거나, 지환이를 닮고 싶다고 쓰라고 한다면 둘의 좋은 점을 몇 가지나 바로 쓸 수 있었다. 두 사람을 칭찬하라고 하면 불편한 마음 하나 없이 얼마든지 할 수 있었다.

그러나 라희는……?

아니었다.

눈 앞에 놓인 흰 종이를 보며 몇 번이고 라희를 떠올렸다, 지웠다를 반복했다.

'싫어. 라희를 쓰고 싶지 않아.'

바람이 한 번 크게 불었다. 그 덕분에 공원 전체에 눈송이 같은 매화꽃이 흩날렸다.

'눈송이.'

종이 위에 톡 떨어진 꽃잎을 보던 매이는 지난 겨울 눈송이를 보며 했던 생각을 떠올렸다.

"아!"

그 순간 한시원 선생님이 떠올랐다.

어른이 된다면 한시원 선생님 같은 모습이었으면 좋겠다고 늘 생각했다. 누군가가 자신에게 '좋은 어른'에 대해 묻는다면 바로 선생님을 꼽을 수 있었다.

수업을 하실 때나, 학급에 문제가 생겼을 때 해 주시는 말씀에서 늘 우리들을 먼저 생각해 주시는 좋은 선생님이라는 믿음이 생겼다. 가끔 해 주시는 개인적인 이야기들에서는 어른이 되면 자연스럽게 저렇게 되는 게 아니라 좋은 어른이라서, 늘 고민하는 어른이라는 것을 알 수 있었다. 선생님이 치열하게 고민하고 내린 답과 생각들을 나눠주실 때 마다 '한 사람'으로 존중 받고 있다는 기분이 들었다.

그래서 한시원 선생님이 너무 좋았다. 선생님으로서도, 어른으로서도. 만약 자신의 20년 후를 상상한다면 선생님 같은 말과 생각을 할 수 있는, 다른 사람을 마음으로 볼 수 있는 어른이 되었으면 좋겠다고 바랐다.

한시원 선생님이 오늘의 정답이었다. 이제 글을 시작할 수 있었다. 샤프를 딸각거렸다. 입으로 조심히 후하고 바람을 불자, 원고지 위에 올라와 있던 흰 꽃잎이 나풀거리며 운동화 앞코로 떨어졌다.

　기분 좋은 무게를 느끼며 첫 문장을 시작했다.

6. 우울한 바다거북의 구조신호

매화나무의 꽃이 다 지고 그사이에 봄비가 몇 번이나 내려 완연한 봄 날씨가 되었다. 비를 흠뻑 맞은 나무들에서는 서로 경쟁이라도 하듯 연둣빛 잎사귀가 제법 돋아 올랐다. 딱 봄의 시작에서만 볼 수 있는 연한 연둣빛이었다.

예술제가 끝나고 3주가 흘렀다. 한 달도 안 되는 시간 동안 모두가 정신이 없었다.

바로 뒤이어 아빠와 함께 나가는 수영 경기가 있기 때문이었다. 4월 말에 열리는 경기를 위해 일주일에 세 번 가던 수영 강습에 더해서, 주말에도 아빠와 같이 수영장에 나가야만 했다.

그 외중에 독한 몸살에 걸려 호되게 앓느라 삼일이나 학교에 가지 못했다. 하루 종일 약을 먹고 침대 위에서 자다 깨다를 반복하는 동안, 눈을 뜰 때마다 창밖으로 보이는 봄이 조금씩 더 진해지고 있었다.

주말까지 껴서 총 5일이나 지나고 나서야 학교에 갈 수 있었다. 학원도 가지 않고, 수영도 잠깐 쉬고, 친구들과의 약속도 모두 미뤄 둔 시간이었다.

그 사이 친구들과는 계속 메세지를 주고받았다. 그러나, 라희와 대화할 때마다 손가락 끝에 가시가 박혔을 때처럼 마음 한구석이 꼭 까슬까슬 거슬렸다.

"우리 딸 요즘 왜 이렇게 볼 때마다 말라 있지?"

병원 당직을 서느라 이틀 만에 얼굴을 본 엄마가 안쓰럽다는 표정을 지었다. 그사이 전화로 목소리만 겨우 들은 엄마는 집에 오자마자 약을 먹고 졸고 있던 나를 꼭 껴안은 채 좁은 침대에서 한참이나 몸을 딱 붙이고 누워 온기를 나눠 주며 누워 있었다.

아침으로 아빠가 해놓은 딸기잼이 발린 토스트를 우물거리며 민망한 목소리로 대답했다.

"아닌데, 나 지금 완전 잘 먹고 있는 거 안 보여?"

엄마는 내 뒤로 와서 어깨를 몇 번 주물럭주물럭 하더니 "뼈밖에 안 남았네!" 하며, 걱정스러운 목소리로 말했다.

"요즘 엄마가 잘 챙기지 못했지. 아니면 수영 늘린 게 부담인가."

그 말에 그저 흰 우유만 한 모금 더 들이켰다.

아픈 것도 아픈 것이지만, 사실 요즘 주변에 온통 다 마음을 불편하게 하는 일이 잔뜩이었다. 아마 감기 몸살은 마음이 어수선해서 따라붙은 것이리라.

역시 가장 큰 문제는 라희였다.

라희가 수영을 시작한 계기가 자신이 나갔던 경기였던 만큼, 이번 경기에는 당연한 수순처럼 라희도 같이 참가하게 되었다. 덕분에 이미 학교에서, 수영장에서, 글쓰기 학원에서 만나느라 어떤 날에는 엄마보다도 더 많이 보게 되는 라희였는데, 이제는 주말 이틀 내내 같이 시간을 보내게 된 것이다.

보통 주중의 수영 수업은 이모가 책임졌다면, 주말에는 아빠가 함께했다.

"삼촌!" 하며 붙임성 있게 잘 따르는 라희를 보며 '우리 아빠인데.' 하는 동생한테 애정을 빼앗긴 언니 마냥 입술을 삐쭉거린 것도 몇 번이었다.

분명 아빠와 둘이서만 가는 수영장보다 훨씬 재미있는 건 사실이다. 아빠와 함께하면 진짜 '훈련'이라는 단어가 어울릴 정도로 수영하는 로봇처럼 엄청난 양의 운동을 했지만, 라희와 함께 가면 둘이서 장난을 치기도 하고, 평소 하던 속도로 좀 더 편하게 수영을 할 수 있었다. 아빠도 라희가 함께 갔기에 굳이 얼마만큼 하라는 말을 붙이지 않고 둘이 알아서 하도록 두었다.

끝나고 평소에 아빠가 잘 사 주지 않는 떡볶이나 컵라면 같은 간식을 라희 핑계로 같이 먹을 수도 있어서 그것도 좋았다. 빨간 떡볶이 소스를 입술에 묻힌 라희를 키득거리며 놀릴 때면 언제 그랬냐는 듯 라희를 향한 뾰족한 마음이 사르르 풀리기도 했다.

그러나 옆 레인에서 수영하는 라희를 볼 때나, 서로의 기록을 확인할 때면 좋았던 마음은 물속 깊이 숨어 버리고 라희를 질투하는 또 다른 자신이 나타났다.

그래, 분명 이 마음은 질투였다.

사실 라희를 질투하고 부러워하고 있다는 것을 알고 있었다. 그러나 그 마음들에 정확히 이름을 붙이고 싶지 않았다. 외면할 수 있을 때까지 외면하고 싶었다.

이름을 붙여 버리면 그 감정들이 걷잡을 수 없이 커질 것을 알았기 때문이다. 그래서 애써 모른 척, 못 본 척하고 좋지 않은 것들을 손으로 꾹꾹 누르고 있었다.

하지만 내 노력이 무색하게도 이미 미운 감정들은 손가락

사이로 빠져나가 흘러넘치고 있었다.

책상에 앉아 오늘 함께 훈련을 하며 찍은 영상을 보다가 한쪽 볼을 책상에 대고 엎드렸다. 찬 책상 덕에 열이 오른 볼이 조금 식는 게 느껴졌다. 한 손으로는 계속 핸드폰을 들고, 눈으로 바쁘게 라희의 움직임만을 쫓았다.

내가 집중하게 되는 건 자신이나 아빠가 아니라 라희였다.

키 차이인지, 아니면 처음 배웠던 선생님이 달라서 그런지 자유형이나 접영할 때 라희와 자신의 자세가 조금 달랐다. 왠지 라희의 자세가 좀 더 예뻐 보이는 것 같기도 하고, 자신보다 한 뼘이나 작은 몸으로도 빠르게 수영하는 것에 위기의식을 느끼기도 했다.

실제로도 아빠가 라희가 수영하는 것을 보더니 "우아, 라희 꼭 로켓 같은 걸? 물에서 슈웅! 하고 발사되는 것 같은데?"라고 감탄하기도 했다. 그런 아빠에게 '나는? 나는 어떤데?' 하고 묻고 싶었다. 그러나 그렇게 물으면 라희를 의식하고 있다는 것을 광고하는 것 같아 애써 목 끝까지 올라온 질문을 꾹 눌렀다.

칭찬을 들은 덕일까, 아니면 원래 잘했기 때문일까. 그날 라희는 지금까지 쟀던 기록 중 가장 좋은 기록을 연달아 냈다. 심지어 고민하다가 도저히 자신이 없어 참가를 포기한 접영에서도 기록이 꽤 괜찮게 나왔다.

물 밖으로 쏙 나온 라희가 시계를 보더니 "아싸!" 하고 환호성을 질렀다.

"언니 나 이 정도면 꽤 순위권으로 들어올 수 있지 않을까?"

"……응, 그럴 것 같은데?"

잴 때마다 조금씩 단축되는 라희의 기록을 보며 촬영을 하던 핸드폰을 라희에게 넘기고 물속으로 들어갔다. 팔다리에 수초가 감겨 허우적대는 느낌에 얼굴을 찌푸리며 다리를 더 빠르게 놀렸다.

'잘해야 하는데. 라희보다 더 잘해야 하는데.'

수영은 혼자 하는 운동이었다. 그래서 수영을 좋아했다. 피구나 축구처럼 다같이 하는 운동은 혼자 잘한다고 해서 결과가 잘 나오는 것도 아니고, 그렇다고 못한다면 그건 그것대로 팀에 민폐였으니까 말이다. 이기고 지는 사람이 생기는 것도 별로라고 생각했다. 이기면 '다음에 지면 어쩌지'하는 걱정에, 지면 그것대로 서운한 마음이 들었기 때문이다.

그러나 수영은 잘해도 못해도 누군가한테 영향을 끼치지 않는다. 이기고 지는 것도 없다. 물속에서는 자유롭다.

아니, 자유로웠다. 지금까지는 그렇게 생각했다.

예전과 다르게 요즘은 수영이 이기고 지는 게임 같았다. 라희는 전혀 모르고 있지만, 수영장을 갈 때마다 라희와 대결하는 기분으로 갔다. 그리고 매번 자신이 졌다. 그것도 아슬아슬하게가 아니라, 완전히 말이다.

이제는 펭귄이 아니라 거북이가 되고 싶어졌다. 두꺼운 등껍질 안에 팔다리와 머리까지 꼭꼭 숨기고 그 안에 있고 싶었다. 등껍질에 SOS라고 크게 적은 깃발을 꽂아두면 속이 좀 시원할까? 우울한 바다거북이 되어 한 바퀴를 다 돌고 물 밖으로 나왔다.

"오늘은 여기까지 할래."

조용히 한마디를 남기고는 수영장 밖 바닥에 앉았다.

착 가라앉은 내 표정을 보고는 라희가 눈치를 보다가 조심스레 물속으로 들어갔다. 라희가 가르는 물살이 자신에게 밀려오는 것을 보면서 양 무릎을 끌어안고 라희가 수영하는 모습을 바라보았다. 라희는 여전히 한 마리의 날렵한 돌고래 같았다.

오늘 수영장에서 찍은 영상을 몇 번이나 돌려보다가 핸드폰을 책상 한쪽으로 치웠다. 그러고는 일기장을 꺼냈다.

'오늘도 라희와 아빠와 수영장에 갔다.'로 시작하는 첫 문장을 쓰고 한숨을 크게 쉬었다.

‘질투’

‘정라희’

‘부러움’

‘왜?’

몇 가지 단어들을 쭉 늘어놓았다. 그러고는 펜으로 의미 없는 낙서들만 계속하다가 다시 핸드폰을 집었다.

[나 내일 아침에 학교 같이 못 갈 것 같아.]

라희에게 메시지를 보냈다. 조금 비겁했지만, 지금은 이게 최선이었다.

마음을 지키기 위해 라희에게 일부러 화살을 하나 날려 보냈다. 라희를 공격하면 좀 시원할까 싶어서였다.

그러나 오히려 속이 더 답답해져 왔다. 이상하게 자신의 마음이 더 크게 찔린 느낌이었다.

마음을 찌르는 일은 또 있었다. 얼마 전, 지환이가 교실 한복판에서 고백을 받은 것이다. 사실 지환이가 이렇게 고백을 받거나, "야, 걔가 문지환 좋아한대."와 같은 말은 종종 듣곤 했다.

어렸을 때 원장님이 학원 광고지에 어린이 모델 비용을 아끼시겠다고, 모델 대신 지환이를 내세워 촬영을 한 적이 있었다. 워낙 멀끔하고 잘생긴 데다가, 생각보다 그 쪽으로 재능이 있었던 건지 사진이 잘 나왔다. 그 전단지가 소소하게 입소문을 타고, 지환이는 동네의 유명 인사가 되었다.

작년부터는 본인이 카메라 앞에 서는 걸 워낙 싫어해 원장님이 더 시키지 않았지만, 아직도 애들 사이에서는 놀림 반, 부러움 반으로 모델 취급을 받곤 했다. 작년에 하루가 다르게 쑥쑥 커 6학년 전체에서 가장 큰 키도 지환이의 인기에 한몫했다.

자신이나 소윤이야 유치원도 들어가기 전부터 함께 지낸 터라 지환이의 인기를 체감하지 못했다. 소윤이는 다른 여자애들이 슬쩍 지환이에 대해서 물어볼 때마다 한술 더 떠 "문지환이 뭐가 잘생겼냐? 우리 오빠들이 더 잘생겼다!" 하며 자신이 좋아하는 아이돌의 포토 카드를 떡하니 내밀어 보였다.

그럴때 마다 소윤이가 워낙 크게 반응을 해서 그 옆에서 그냥 조용히 있었지만, 사실 지환이가 잘생긴 건 맞다고 생각하고 있었다. 게다가 지환이는 키도 크고, 공부도 잘하고, 다른 남자애들과 다르게 욕도 하지 않았다. 그렇게 오버하며 아니라고 하는 소윤이 옆에서 지환이의 좋은 점을 속으로 하나씩 꼽아 보다가 스스로 화들짝 놀라기를 여러 번이었다.

사실 요즘 유달리 지환이에게 한 번씩 더 시선이 갔다. 수업 시간이나, 학원에서 그리고 쉬는 시간에도 말이다. 친구들이랑 이야기를 하다가도, 혹은 혼자 책을 보다가도 꼭 자신도 모르게 지환이가 있는 곳을 쳐다보게 되었다.

그리고 그때마다 꼭 지환이와 눈이 마주쳤다. 지환이도 자신을 쳐다보고 있던 것처럼 말이다. 그럴 때마다 후다닥 다른 데를 보려던 것처럼 눈을 피했지만, 심장이 쿵쾅쿵쾅거리는 것만큼은 어떻게 멈출 수가 없었다.

침대 위에서 인형을 껴안고 책을 보는데 핸드폰이 울렸다. 주로 이 시간에 소윤이와 전화로 수다를 떨곤 했던지라 누군지 확인도 하지 않고 전화를 받았다.

"야야, 윤매이!"

"쏘윤쏘윤."

전화기 너머로 들리는 소윤이의 목소리가 들떠 있었다.

"야 강채은 내일 문지환한테 고백한대. 걔 작년부터 문지환 좋아했잖아."

"진짜? 몰랐어."

나도 모르게 인상을 잔뜩 찌푸리며 대답했다.

"작년에는 같은 반이라서 부담스럽다고 고백 안 했는데, 이번에는 다른 반 됐다고 고백할 거래. 나 방금 걔네 반 애한테

들었어. 심지어 겨울 방학 때도 사귀자고 얘기했다가 차였다
던데, 문지환이 너한테는 아무 말 안 해?”

“지환이가 나한테 그런 걸 왜 말하겠어.”

“나보다 네가 문지환이랑 더 친하잖아.”

“그런가?”

고개를 갸우뚱했다. 하긴, 학원에서나 교실에서나 지환이
와 이야기를 조금 더 많이 나누는 건 자신이었다. 그렇다고
해도 그건 소윤이가 늘 다른 친구들이랑 노느라 바빠서 그런
거라고 단순하게 생각했다.

“응. 문지환 은근히 너만 잘 챙기잖아.”

하긴 얼마 전 학원에 다니는 친구들 다같이 놀러 갔을 때도
소윤이가 옆구리를 쿡 찌른 적이 몇 번 있었다. 밥을 먹으러
갔을 때 지환이가 내 앞에 내가 좋아하는 음료수를 조용히 떠
다 준다든지, 영화를 보러 갔을 때 콜라를 들어 준다든지, 풀
린 신발끈을 먼저 알아채고 묶을 수 있게 걸음을 멈추고 기다
려 주기도 했다. 더군다나 같은 반이 아니었을 때도 지환이와
어색했던 적은 한 번도 없었다.

곰곰이 돌이켜보면, 너무 어렸을 때부터 알고 지내서, 친해
서 그냥 자연스럽게 해 주는 행동들이라지만 신경 쓰고 있지
않으면 할 수 없는 행동들이었다.

그 뒤로도 내가 모르고 있던 친구들의 여러 가지 이야기와 요즘 소윤이가 빠진 아이돌 그룹의 얘기가 이어졌지만, 귀에 하나도 들어오지 않았다. 그동안 지환이가 자신에게 해 주었던 행동들을 찬찬히 곱씹어 보았다.

그리고 동시에 지환이와, 지환이에게 고백했다는 강채은이 머릿속에서 술래잡기라도 하듯 계속 빼꼼히 나타났다, 지워졌다를 반복했다.

'문지환, 강채은, 문지환, 강채은, 문지환, 문지환……'

자기 전까지 생각해서일까, 꿈에 지환이가 나왔다.

꿈속의 문지환은 강채은의 손을 꼭 잡고는 다른 한 손으로는 노란 사탕을 건네주고 있었다.

말도 안 되는 꿈을 꾸느라 밤새 잠을 설쳤다. 오전 내내 평소답지 않게 멍하니 있다가, 점심을 먹고 나서야 정신이 좀 들었다.

이제는 점심시간에 도서관이 아니라 교실에서 친구들과 보내는 시간이 당연해졌다. 처음에는 소윤이 옆에 딱 달라붙어 분위기를 살폈는데, 며칠이 지나자 먼저 대화 주제를 던지기도, 의미 없는 말장난을 치며 친구들이랑 곧 잘 웃기도 했다. 이제는 쉬는 시간만 기다릴 정도였다.

누군가와 같이 시간을 보내는 건 생각보다 어렵지 않았다.

뭘 그리 겁내고 어려워했는지 예전의 자신을 바보 같다고 생각했다.

시끄러운 점심시간에, 더 시끄럽게 친구들과 떠드는 와중에도 "문지환!" 하고 뒷문에서 채은이가 지환이의 이름이 부르는 건 바로 들을 수 있었다.

채은이의 부름에 친구들과 축구를 하러 나가려 공을 챙기던 지환이가 그쪽으로 고개를 돌렸다. 채은이를 본 지환이가 옆구리에 공을 끼고는 난감하다는 듯 다른 한 손으로는 눈썹께를 몇 번 긁적이고는 뒷문으로 향했다.

"강채은 왜? 나 축구하러 가야 하는데."

"자, 이거."

당당하게 간식 꾸러미를 내미는 채은이의 말투는 당당했지만, 내 눈에는 보였다. 쥐고 있는 간식 꾸러미가 달달 떨리고 있는 것을 말이다.

너무 빤히 보고 있다는 티가 나지 않게 눈만 슬쩍 돌려 지환이와 채은이를 보았다. 얼핏 보이는 간식 꾸러미 속에 든 포장지는 분명 지환이가 좋아하는 종류의 젤리와 과자였다.

'받지 마. 받지 마.'

자기도 모르게 속으로 열심히 지환이에게 외치고 있었다.

"이거 뭐야?"

“너 주려고. 이거 너 좋아하잖아.”

그런 둘을 보며 남자애들이 “오올~!” 하는 짓궂은 함성을 내뱉었다. 채은이와 함께 온 몇몇 여자 친구들은 그런 남자애들을 보며 “아, 하지 말라고.”라며 채은이 편을 들기도, 혹은 “문지환 빨리 받아. 뭐하냐!” 하며 재촉하기도 했다.

그런 친구들의 반응에 지환이가 마지못해 선물을 받았다.

“고마워.”

“그 안에 쪽지 있어. 읽고, 문자 해.”

채은이가 긴장했는지 말을 랩하듯 빠르게 쏟아냈다. 지환이는 대답하지 않고 선물과 채은이를 번갈아 쳐다보았다. 내가 있는 쪽에서는 지환이의 뒷모습만 보여 지금 어떤 표정인지 알 수가 없어서 답답했다.

아무런 반응도 하지 않는 지환이를 보던 채은이가 얼굴이 터질 것 같이 빨개진 채 자신의 반으로 돌아갔다.

지환이는 손에 있는 간식 꾸러미를 보다가 사물함에 대충 넣어두고는 “야 빨리 나가자!” 하고 남자 친구들을 재촉했다. 고개를 돌릴 타이밍을 놓쳐 지환이와 눈이 마주쳤다. 지환이는 콧잔등을 찌푸리며 고개를 작게 가로젓더니, 운동장으로 나갔다.

고백 아닌 고백을 받은 당사자가 너무 반응이 없으니 오히려 다른 아이들이 눈만 데굴데굴 굴리며 분위기를 살폈다. 그러다 이내 곧 우르르 교실을 빠져나갔다. 남은 여자 애들도 몇 번 더 수군거리다, 이내 다른 주제로 떠들었다.

오후 수업 내내 지환이 사물함에 있는 선물이 너무너무 신경 쓰였다. 등 뒤에 눈이 달린 것처럼 모든 신경이 다 그리로 쏠렸다.

수업이 끝나고 선생님의 심부름으로 잠깐 다른 학년 교실을 돌고 오니 지환이는 이미 교실을 빠져나간 후였다.

지환이가 그 선물을 챙겨 갔는지, 강채은에게는 뭐라고 대답할지 너무 궁금했다. 그러나 지환이의 사물함을 열어 볼 수도, 메시지를 보내 무슨 말을 할 거냐고 물어볼 수도 없었다.

그리고 그날 오후 있던 수영 수업에서 지금까지 했던 모든 수업을 통틀어 가장 엉망진창으로 물살을 갈랐다. 오죽하면 선생님이 수영하던 중간에 멈추게 했을 정도였다.

꼬여 버린 마음으로 샤워실에서 나온 후 머리를 말리지도 못하고 메시지 앱을 몇 번이나 들락날락거렸다.

요즘 애들 사이에서는 사귀는 사이가 되면 메시지 앱에 은근슬쩍 자랑하는 게 유행이었다. 자기들끼리 정한 의미가 담긴 이모티콘이나 글자 따위라든지, 얼마나 사귀었는지를 나타내는 숫자를 같이 띄우는 식이었다.

앱에서는 친구들의 설정이 바뀌면 맨 위에 띄워 주기 때문에 소문에 느린 나도 누가 누구와 사귀는지 혹은 헤어졌는지 자연스레 알게 되었다. 소윤이의 프로필에는 곰돌이와 하트 그리고 세 자리 숫자가 적혀 있었다. 5학년 때부터 남자 친구가 있었기 때문이다.

얼마 전 라희의 프로필도 바뀌어서 다음 날 물어봤더니 라희 답지 않게 부끄러워하며 "그게, 그러니까……." 하고 운동장 속 축구하는 아이들을 곁눈질했다. 라희의 시선이 향한 끝에는 선우가 있었다. 요즘 글쓰기가 끝나고 부쩍 선우와 함께 편의점에 들린다며 나에게 먼저 가라고 손짓하던 라희가 떠올랐다.

그런 라희를 보며 소윤이가 더 신나서 "우아!" 하며 방방 뛰더니 "자 커플이 된 기념으로 언니가 쏜다!" 하면서 한쪽에는 매이, 다른 한쪽에는 라희를 끼고 학교 앞 편의점으로 가 초코 우유를 쪽쪽 빨았었다.

"매이 언니는 좋아하는 사람 없어?"

라희의 질문에 순간 우유를 잘못 삼켜 콜록콜록 기침을 했다. 그 덕에 입고 있던 흰색 티에 진한 갈색 얼룩이 남았다.

자신의 이런 반응에 소윤이는 의미심장한 미소를 지었고, 라희는 "뭔데 뭔데! 누구 있구나!"라고 호들갑을 떨었다. 그러나 끝까지 아무 말도 하지 않은 채 초코 우유만 쪽쪽 빨았다. 그저 그 질문에 지환이의 얼굴을 떠올렸다.

수십 번 메신저 앱을 켰다 껐다 반복할 때마다 알람에 지환이가 제발 떠 있지 않기를 바랐다.

집에 돌아와서 숙제를 하다, 일기를 쓰다가, 책을 읽다가도 계속 핸드폰 화면을 열었다 덮었다를 반복했다. 침대에 누워서도 핸드폰에 신경이 쓰였다. 눈을 꾹 감고 잠을 청해 보았지만, 시계 초침 소리가 너무 크게 들려 잠을 잘 수 없었다.

그렇게 뒤척이다가 새벽부터 열이 심하게 올랐다. 아침에 깨우러 들어오신 아빠가 놀라 약을 먹이고, 학교에 연락을 하실 때도 눈을 뜰 수가 없었다.

약기운에 한숨 더 자고 눈을 떴을 때는 점심이었다. 멍한 머리로 메시지 앱부터 켜고는, 아무것도 뜨지 않은 알림과 몇몇 친구들의 걱정이 담긴 메시지를 보고는 자신도 모르게 크게 숨을 내쉬었다. 친구들의 메시지 중에는 지환이도 있었다.

보내온 메시지들에 하나하나 답장을 보내고 점심을 먹었다. 먹고 다시 누우니 이제 좀 살 것 같았다. 아직 이마는 뜨끈하지만, 머릿속에서 끓고 있던 불 하나가 꺼진 기분이었다.

지환이에게 답장을 보내려고 핸드폰을 쥐었는데, 지금까지 보냈던 메시지들을 어떻게 보냈는지 모르겠다는 생각이 들었다. 처음으로 지환이에게 보내는 메시지에 마침표 하나까지도 고심하며 토독토독 손가락을 움직였다. 메세지 옆으로 곧바로 읽었다는 표시가 떴다. 그리고 그에 심장이 쿵하고 크게 울렸다.

'아, 나 문지환 좋아하는구나.'라는 생각을 끝으로 다시 잠에 들었다.

그렇게 며칠 쉬고 학교에 나가려니 어색한 기분이었다. 당장 같은 반에서 지환이를 보는 것부터가 어색했다. 지환이는 변한 게 없는데 말이다.

아파트 입구에서 소윤이와 라희가 나를 기다리고 있었다.

"아이고 우리 윤매이 반쪽이 됐잖아? 그렇게 아팠어?"

소윤이가 보자마자 양손으로 볼을 잡더니 얼굴을 휙휙 돌리며 우는 시늉을 했다. 소윤이에게서 아침의 엄마가 겹쳐 보였다. 이럴 때 보면 소윤이는 자신을 딸처럼 생각하는 게 아닐까라는 생각이 들었다.

"언니 지금은 좀 어때?"

옆에서 라희도 걱정스러운 얼굴로 물었다.

"그래도 어젯밤에 통화했을 때는 목소리 완전 괜찮던데. 다나은 거 맞지?"

소윤이의 말에 나는 자연스럽게 라희의 눈치를 보았다. 어제 저녁 라희에게서 전화가 왔을 때는 피곤해서 자고 싶다고 전화를 받지 않고, 뒤늦게 메시지만 남겨 놨기 때문이었다.

"아, 응."

라희는 우리 둘의 대화를 듣고도 별 반응이 없어 보였다. 다행이라는 생각을 하며 밀린 수다를 떨며 걸으니 학교가 금방이었다.

"라희 안녕~."

4층 계단에서 소윤이가 라희에게 인사를 했다. 걷는 내내 딴 생각에 빠진 것 같았던 라희가 반 박자 늦게 "언니들도 오늘 파이팅!" 하고 반으로 들어갔다.

그런 라희의 뒷모습에 마음 한켠이 불편해졌다. 그러나 애써 모르는 척 소윤이와 더 신나게 떠들며 교실로 올라갔다. 마음속에 비상등이 여전히 빨갛게 들어와 있었다.

7. 현실 부정

일주일이 쏜살같이 지나고 금세 다시 주말이 왔다.

평일보다 더 빨리 일어난 토요일이었다. 새벽이라고 불러야 하는 시간에 일어난 가족들은 부산스레 움직였다. 오늘 두 사람의 수영 경기가 있는 날이었기 때문이다.

"여보. 내 수경 내가 어디에 뒀었지?"

아빠가 부산스레 움직이며 큰 목소리로 물었다. 마침 베란다에 있던 내가 자신의 수영복과 함께 바닥에 뚝 떨어져 있는 아빠의 수경과 수영모를 챙겼다.

"아빠 여기. 내가 챙겼어!"

"우리 딸 고마워!"

학생들은 기록 측정으로 그치지만, 성인부는 메달까지 있는 대회였다. 그 때문에 아빠는 다른 때와 다르게 좀 긴장한 것처럼 보였다. 더군다나 이번에 작년보다 연습 시간을 더 늘렸던 것으로 보아, 메달에 욕심이 있는 것처럼 보였다. 작년에는 아쉽게 메달을 따지 못했기 때문이다.

마지막으로 아빠와 가져가야 할 것들을 다 챙겼는지 가방 속을 한 번 더 확인했다. 사실 생각해 보면 평소 수영장 가는 준비랑 크게 다르지 않은데 아침부터 왜 이렇게 허둥거렸을까 싶다가도, 일종의 시합이라고 생각하니 조금 긴장이 되기도 했다.

현관 입구에 자신과 아빠의 수영 가방을 나란히 놔두고, 식탁에 앉았다. 엄마가 속이 따뜻하라고 어제부터 끓인 노란색 호박죽이 김을 폴폴 내며 올라와 있었다.

"잘 먹겠습니다. 아빠, 얼른 와!"

나의 부름에 준비를 다 마친 아빠와 그런 아빠 뒤를 따라다니며 까먹은 것들을 하나씩 챙겨 주느라 이미 진이 빠진 엄마까지 모두 식탁에 둘러앉았다.

"우리 딸 든든하게 먹어. 당신은 시합 시간이 더 빠르니까 이거 한 그릇만 먹고, 수영장 가서 초코바 하나 더 먹을까?"

"그게 좋겠어. 아, 라희네는 몇 시에 출발한대?"

"우리랑 비슷하게 나갈 것 같은데, 수영장 주차장에 차 대고 경기장 안에서 만나기로 했어. 주차장에서 만나기에는 사람이 너무 많을 것 같아서.”

“하긴 오늘 사람 많겠다. 아, 그러고 보니 라희 수영 잘하더라. 어릴 때 모습만 생각하고 있었는데, 이번에 수영장 같이 다니다 보니 애가 아주 야물딱지게 잘 컸어.”

“나는?”

자연스럽게 흘러나오는 라희의 칭찬에 죽을 먹다 말고 뾰족한 목소리를 냈다. 평소 자신답지 않은 질문과 말투에 질문을 한 나도, 받은 부모님도 당황했다.

“아이고. 물론 우리 딸이 최고지!”

아빠가 입에 있는 뜨거운 죽을 채 삼키지도 못하고 빠르게 대답했다.

“딸, 아빠가 라희만 칭찬하는 것 같아 서운해?”

냉장고에서 주스를 꺼내던 엄마가 나와 눈을 마주치며 물었다.

“…….”

엄마의 눈을 슬쩍 피하며 대답을 하지 않고 애꿏은 죽만 깨작거렸다.

엄마가 “흐음.” 하며 한 번 더 나를 살펴보더니, 더 이상 이야기하지 않고 주스를 따라주었다. 평소 “우리 집에서 내 눈을 피할 수 있는 것은 없다!"라고 큰소리치는 엄마의 말이 농담처럼 들려도, 가족들에 한해서는 사소한 부분 하나까지도 빠르게 눈치 채는 엄마의 성격상 아마 자신이 방금 한 말을 그냥 흘려 듣지 않았을 것이다.

순식간에 입안이 까끌해졌지만, 대회를 위해 꾸역꾸역 그릇을 비웠다. 집에서 수영장까지 20분도 채 되지 않는 거리지만, 그 사이에 엄마가 혹시나 무언가를 더 물을까 봐 가는 내내 이어폰을 끼고 음악을 들었다.

평소 같으면 "같이 있을 때는 이어폰 뺄까?" 하셨을 부모님도 다행히 경기 전이라 그런지 별 말씀이 없으셨다.

아빠는 남자 탈의실로, 엄마는 관람석으로 가기 위해 입구 앞에서 섰다. 아빠에게 "파이팅!" 하고 가볍게 응원을 건넨 엄마가 나를 꼭 안아주셨다.

"매이야. 엄마한테는 언제나 매이가 최고인 거 알지?"

이게 아침에 자신이 한 질문에 대한 엄마의 대답이라는 것을 알았다. 왠지 모르게 코끝이 찡해져 그냥 고개만 끄덕끄덕거렸다.

내 등을 팡 소리 나게 한 번 친 엄마가 "자, 우리 딸도 출동!" 하며 유쾌하게 탈의실로 나를 밀어 넣었다.

탈의실로 들어가니, 보호자와 수영 대회에 참가하는 선수

들로 시끌벅적 정신이 없었다. 겨우 구석에 있는 사물함을 하나 찾아서 소지품을 가지런히 정리했다.

사물함을 닫기 전 마지막으로 핸드폰을 확인하자 알림이 가득이었다.

[윤매이가 최고다! 잘하고 와!]

호들갑 떠는 펭귄 이모티콘이 가득한 건 소윤이의 메시지였고,

[윤매이 파이팅. 오늘도 잘할 거야.]

이모티콘 하나 없는 확신이 가득한 응원은 응원은 지환이의 메시지였다.

[언니 오늘 우리 둘 다 잘하자! 나 이미 들어왔는데, 샤워실 앞에 있을게!]

라희의 메세지에는 하트가 퐁퐁 솟아났다.

소윤이와 지환이의 메세지에만 빠르게 이모티콘으로 답을 대신하고는 핸드폰을 사물함에 넣었다. 그리고는 샤워 가방과 수영복을 들고 라희가 기다리고 있을 샤워실 앞으로 갔다.

앞에서 라희가 두리번거리며 서 있었다.

"추운데, 먼저 들어가서 씻고 있지!"

내 걱정에 라희가 씨익 웃었다.

"안 돼! 언니가 나의 행운 부적이란 말이야!"

옆에서 어제 떨려서 잠을 잘 수가 없었다고 호들갑을 떠는 목소리를 들으며 샤워를 했다. 늘 혼자 준비하던 경기에 함께 하는 사람이 있는 것이 좋기도, 그게 라희라서 싫기도 했다.

"라희야, 등 쪽 끈이 꼬였어."

자신에게 쫑알쫑알 이야기를 하느라 정작 제 수영복을 제대로 못갖춰 입은 것이 눈에 띄었다. 그냥 두면 피부가 눌려 아플 것이 뻔했다.

"손이 안 닿아."

"이리 와 봐."

끈을 정리해 주고, 삐져나온 뒷머리까지 야무지게 수영모 속으로 넣어 주었다.

"오늘도 감사합니다. 언니 없으면 못 살아 정말 못 살아."

콧노래를 흥얼거리는 라희를 보며 미안한 마음이 슬쩍 고개를 내밀었다.

"들어가자."

"응!"

수영장 안으로 들어가니 진한 락스 냄새가 훅 끼쳐 왔다.

앞 타임 경기 열기로 후끈하게 달아오른 수영장 내부는 경기를 진행하는 사람들과 관람석에서 들려오는 응원들로 시끌시끌했다.

“언니 나 떨려.”

“잘하잖아. 오늘도 잘할 거야.”

“그러고 보니 어릴 때 언니 수영하던 거 저 위에서 봤던 기억 난다. 나는 그때 언니가 돌고래인 줄 알았어.”

나를 돌고래 같다고 말하는 라희를 보며 기분이 묘해졌다.

“우리 오래! 돌고래 원! 그리고 투! 수영하러 가 보자!”

‘원!’ 하며 나를, ‘투!’ 하며 스스로를 콕 집은 라희가 진행요원이 손짓하는 곳으로 먼저 타박타박 걸어갔다.

두 사람의 경기가 한 번씩 번갈아가며 진행되고 나서, 이번에는 나란히 출발대에 올라섰다. 원래 느껴야 하는 출발 전의 흥분, 설렘, 긴장 대신 불안함이 몸을 덮쳤다. 요즘 무엇을 할 때마다 라희를 의식하고 있었다. ‘라희보다 잘해야 하는데, 라희보다 빨라야 하는데.’ 하는 생각이 가득했다.

앞에 있던 경기는 자신이 배영, 라희가 접영으로 각각 다르게 출전했기에 다행스럽게도 라희에 대한 의식을 조금 덜 하고 경기를 치룰 수 있었다. 그리고 마지막으로 같이 나가는 자유형 경기가 이제 곧 시작이었다.

애써 무거운 마음을 털어내며 발목을 빙글빙글 돌리던 중 라희와 눈이 마주쳤다. 라희가 방긋 웃으며 입 모양으로 ‘언니 파이팅!’ 하고 외쳤다.

‘너도 잘 해.’

입 모양으로 뻐끔거리며 라희에게 응원을 건넸다. 그러나 마음 한구석이 불편했다. 진심이 하나도 담기지 않았기 때문이다.

‘반드시 더 잘해야 해.’

욕심이 물귀신처럼 발목을 잡았다. 그런 자신과 다르게 라희는 한없이 가벼운 마음으로 몸을 풀고 있었다.

“선수, 제자리에서 준비.”

방송이 나오자 시끌시끌하던 장내가 잠깐 가라앉았다.

“삐익.”

출발 신호가 떨어지는 순간 모든 선수들이 일제히 물속으로 시원하게 다이빙을 했다.

물 밖에서는 응원을 하는 가족들과 친구들의 소리로 소란스러웠지만 물 안은 고요했다. 단 한 사람의 마음속만 빼고.

‘조금만 더, 조금만 더.’

허벅지가 얼얼할 정도로 발차기를 했다. 옆 레인에서 라희도 자신과 비슷한 속도로 가는 것이 곁눈질로 보였다. 어쩌면 자신보다 더 빠를 수도 있다는 생각이 들었다. 자신이 할 수 있는 최대한으로 손가락을 꼿꼿하게 폈다. 할 수 있다면 만화 속처럼 손가락만이라도 죽 늘이고 싶은 심정이었다.

‘제발.’

반대쪽 벽을 찍고, 돌아오는 순간에도 내내 라희가 옆에 있었다. 분명 경기장 안에는 다른 아이들도 함께 있었지만, 이상하게 라희의 초록 수영복만 보였다.

계속 라희를 의식하게 되는 것이 싫어 마지막 몇 미터를 남겨 놓고 눈을 질끈 감았다. 남은 힘을 쥐어짜 한 번 더 강하게 발차기를 하는 그 순간 손끝에 딱딱한 패드가 닿았다.

“푸핫!”

가슴이 들썩거릴 정도로 크게 숨을 몰아쉬며 전광판을 보았다. 곧바로 라희의 숨소리도 같이 크게 들렸다.

푸른초 6학년 윤매이

푸른초 5학년 정라희

전광판에 들어온 순서대로 이름이 찍혀 있었다. 자신이 라희보다 먼저 들어온 것이다. 단 1초 차이로 순서가 갈렸다.

“와! 언니, 나 이번에 기록 진짜 좋아! 언니 옆에서 해서 그런가 봐!”

기뻐하는 라희 옆에서 숨을 몰아쉬느라 대답하지 못했다. 아니 대답을 하지 않았다. 만약 내가 라희보다 늦게 들어왔다면, 라희처럼 말할 수 있었을까? 아니다. 절대 그럴 수 없었을 것이다.

학생들이 호흡을 정리하기도 전 다음 경기를 위해 물에서 나와 달라는 안내 방송이 장내에 울렸다.

대답을 굳이 하지 않아도 되어서 다행이라고 생각하며, 양팔을 수영장 바닥에 대고 몸을 끌어올렸다.

"샤워실로 갈까?"

라희의 대답을 듣지도 않고 먼저 샤워실로 빠르게 발을 움직였다. 뒤에서 들리는 찰박거리는 물소리가 라희가 잘 따라오고 있음을 대신 알려 주었다.

그리고는 굳이 다른 사람들이 이미 거의 다 찬 샤워부스 쪽으로 향했다. 다행히 남은 한 자리가 있어 빠르게 샤워기 밑에 자리를 잡았다.

세면도구를 챙겨 따라오던 라희는 내 양옆이 다 찬 것을 보고 다른 쪽으로 움직였다.

라희가 시선에서 완전히 사라지고 나서야 수영모를 벗었다. 시야가 가려지도록 물을 가장 세게 틀었다. 머리카락에서 떨어지는 물방울이 꼭 자신의 눈물 같다고 생각했다.

'만약 라희가 나보다 키가 컸다면? 그랬더라도 내가 라희를 이길 수 있었을까?'

오늘 수영 대회에서 자신의 기록이 조금 더 좋았던 것은 라희보다 잘해서가 아니었다. 그냥 단지 나는 6학년이고, 라희는 5학년이어서였다. 5월이 생일인 나와 12월이 생일인 라희. 생일로 거의 일 년 반이 차이 나는 둘은 딱 그만큼 키도 팔다리 길이도 차이가 났다.

'오늘 내가 먼저 패드를 터치한 건 그냥 내가 팔이 더 길어서야. 내가 라희보다 더 잘해서가 아니야. 분명 라희가 나보다 더 빨랐어…….'

아마 이 상황에서 소윤이었다면 "아닌데? 그냥 니가 잘한 거 맞는데?"라고 시원하게 대답해 줬을 것이다. 그러면 어떻게든 그렇게 생각하려고 노력이라도 했을 것이다. 그러나 이미 꼬여버린 마음은 쉬이 풀어지지 않고, 오히려 더 단단히 엉켜버리기만 했다.

정신없이 샤워를 하고 나왔다. 라희의 얼굴을 보고 싶지 않아 머리도 말리지 않고 몸만 대충 닦고는 옷을 넣어 둔 사물함으로 갔다. 옷을 서둘러 입고는 그냥 먼저 나가 버릴까, 아니면 그래도 라희를 챙겨야 하나 고민을 하고 있었다.

"언니! 매이 언니!"

시끄러운 와중에도 자신을 찾는 라희의 목소리가 또렷하게 들렸다. 그 소리에 반사적으로 벌떡 일어나 구석에 있는 사물함 뒤로 숨었다.

막 대회가 끝나 흥분된 학생들의 목소리와 들뜬 보호자들의 시끄러운 목소리 사이로 물기 섞인 라희의 발소리가 귀에 선명하게 들렸다. 혹시나 라희가 자신을 찾을까 봐 긴장하며 손에 든 수영 가방의 끈을 꾹 쥐었다.

“라희야 일단 나가자. 매이 언니는 먼저 나가지 않았을까?”

“아닌데, 언니가 나한테 말도 없이 나갈 리가 없는데…….”

“여기 너무 정신없잖아. 먼저 나가서 기다릴 수도 있지. 엄마가 이모한테 전화해서 매이 언니 어디 있는지 물어볼게.”

“으응. 알겠어.”

멀지 않은 곳에서 대화를 하는지, 두 사람의 목소리가 또렷이 들렸다. 들리지 않을 것을 알면서도 숨도 조용조용 쉬었다. 이윽고 두 사람의 발소리가 멀어졌다. 그제야 참았던 숨을 몰아쉬었다.

꽉 쥐고 있던 손을 폈다. 얼마나 꽉 쥐고 있었는지 가방끈의 오돌토돌한 무늬가 손에 진하게 찍혀 있었다. 손에 남은 모양이 보기 싫어 주머니에 양손을 쿡 쑤셔 박았다.

분명히 평소보다 좋은 기록을 냈는데도 전혀 기쁘지 않았다. 오히려 라희를 보고 싶지 않은 마음이 스스로도 이해가 가지 않았다. 너무 이상하고, 부끄러웠다.

코끝이 찡하게 아려 왔다. 속이 울렁거리고 눈물이 날 것 같았다. 주머니 속 핸드폰을 꺼내 엄마에게 문자를 보냈다.

[엄마, 나 배 아파. 우리 빨리 집에 가면 안 돼?]

이모와 통화 중인지 엄마의 답이 늦었다. 사물함 뒤에서 발만 콩콩 굴렀다. 다행히 너무 늦지 않게 진동이 울렸다.

[아이고, 우리 딸 긴장했어?]

[엄마 그럼 지하에 차 대 놓고 기다릴게. 이쪽으로 내려와 바로 집으로 가자.]

[응. 밥 못 먹겠어. 그냥 빨리 집에 갈래.]

지금은 아무와도 인사를 하고 싶지 않았다. 누구도 자신을 알아보지 않았으면 해서 후드 모자를 푹 눌러쓰고 주차장으로 내려갔다. 엄마의 차가 기다리고 있었다. 뒷자리에 앉자 엄마와 아빠가 걱정스러운 얼굴로 돌아보는 것이 느껴졌다.

"매이야, 배 많이 아파?"

아빠의 걱정스러운 목소리가 들렸다.

"우리 딸 많이 긴장했나~. 오늘 너무 잘했는데!"

"맞아. 완전 최고! 이제 아빠랑 수영장 가면 아빠가 지겠는걸?"

"왜~. 당신도 오늘 기록 좋았잖아. 동메달도 목에 걸고!"

"그래도 우리 딸만 할까! 오늘 너무 잘하더라!"

“라희도 잘했어.”

내가 낮은 목소리로 말했다. 부모님이 라희에 대한 칭찬을 꺼낼까 봐 무서워서 스스로 미리 선수를 쳤다.

“라희도 잘했지, 그런데 매이가 더 잘했는걸. 아니다. 그냥 우리 딸이 최고지.”

“맞아. 그리고 매이가 잘했다는 게, 라희가 못했다는 게 아니야. 그 반대도 아니고. 둘 다 각자 능력만큼 최선을 다해 잘했어.”

엄마가 주차장을 빠져나가면서 백미러로 눈을 마주치며 말했다. 역시 엄마는 자신이 굳이 왜 라희 이야기를 꺼냈는지 알고 있었다. 거기에 요즘 자신이 라희를 어떤 마음으로 대하는지도 말이다.

“매이야. 남과 비교하지 마. 그리고 스스로를 깎아내리지도 마.”

엄마가 단호하게 말했다.

“어쨌든 우리 딸 오늘 수고 했어. 윤매이 최고 멋있었어.”

“맞아. 집에 가서 좀 쉬고 우리 맛있는 거 먹을까?”

“매이 뭐 먹고 싶니? 엄마가 매이 좋아하는 크림 스파게티 해 줄까?”

“아니면 피자는?”

내 기분이 안 좋은 것이 보였는지 두 사람이 일부러 더 높은 톤으로 이야기를 주고받는 것이 느껴졌다. 그런 엄마와 아빠에게 미안하기도 하고, 스스로에게 났던 짜증이 더 커지는 기분에 그냥 눈을 꾹 감았다.

엄마의 핸드폰 벨소리가 울렸다. 운전 중인 엄마 대신 아빠가 엄마의 핸드폰을 가방 속에서 꺼내주었다.

“여보. 라희 엄만데, 내가 받아서 운전 중이라고 할까?”

“아니. 그냥 받아 줘. 차랑 연결해 뒀어.”

그 말에 그냥 이어폰을 끼고 음악을 크게 틀었다. 이어폰 너머로 이모와 라희의 목소리가 흐릿하게 들렸다.

음악의 볼륨을 최대치로 올렸다.

음악을 몇 곡이나 들었을까, 그 짧은 새에 깜빡 잠이 들었다. 부드럽게 어깨를 흔드는 손길에 화들짝 눈을 떴더니 이미 차가 아파트 주차장에 세워져 있었다.

깜짝 놀란 얼굴을 보고 미안한 표정을 지은 아빠가 “올라가서 편하게 잘까?” 하고 물었다.

머리가 멍해 정신을 차리려고 고개를 몇 번 휘휘 젓고는 차에서 내렸다.

집으로 올라가자마자 두 사람에게 “나 조금만 더 잘게.” 하고 방으로 들어와 문을 닫았다.

위에 입었던 후드티만 겨우 벗어두고 침대에 누워 이불을 머리 끝까지 덮었다.

[언니! 많이 아프다며?ㅠㅠ]

핸드폰이 울려서 보니 귀여운 토끼 이모티콘과 함께 라희의 메시지가 둥실 떠 있었다.

[언니 오늘 진짜 빨랐어! 작년보다 기록 더 좋아진 거라고 이모랑 삼촌이 말씀하시더라!]

[축하해!]

[역시 언니가 짱이야!]

[나도 6학년이 되면 언니처럼 더 잘할 수 있겠지?]

[푹 쉬고 내일 봐!]

연달아 오는 문자들에 눈을 꾸욱 감았다. 라희의 진심이 담긴 축하를 받기에는 지금 마음에 공간이 없었다. 메시지를 전달하는 귀여운 토끼 이모티콘을 저 멀리 밀어내고는 핸드폰을 엎어두었다.

＊＊＊

긴장이 풀린 건지 잘 자지 않는 낮잠을 길게도 잤다. 아까 표정이 안 좋았기 때문인지, 엄마아빠도 깨우지 않아 이미 창밖은 어둑어둑 했다.

손가락 끝으로 핸드폰 액정을 톡 건드려 시간을 보니 벌써 7시가 넘었다. 꼬르륵거리는 배에 게으름 피우는 것을 포기하고 침대에서 몸을 일으키며, 한 손으로는 메시지 앱에 들어갔다. 아까 미뤄 둔 라희의 연락에 답장을 해 줘야 할 것 같았기 때문이다.

채팅방 가장 위에 있는 건 라희가 아니었다. 잠든 사이 메시지가 하나 더 와 있었다.

[오늘 경기 잘했지? 고생했어.]

지환이였다.

'잘했어?'라는 질문이 아닌 '잘했지?'라고 확신을 담은 말에 시들었던 마음이 순간 활짝 꽃처럼 피어났다.

나도 모르게 볼을 붉히며 메시지에 토독토독 답장을 하면서 밖으로 나가니, 냉장고 문에 엄마와 아빠는 라희네 집에 간다는 포스트잇과 함께 일어나면 매이도 오라는 글이 적혀 있었다.

고민도 하지 않고 [나 지금 일어났는데, 그냥 집에 있을게. 잘 놀다 와.]라고 엄마에게 문자를 보냈다.

허기가 돌아 냉장고를 열어 우유와 식빵을 꺼내 간단히 토스트를 했다. 토스터 앞에서 고소한 빵 냄새를 맡으며 입맛을 다시고 있는데 식탁 위 핸드폰에서 알림음 소리가 났다.

'지환인가?'

핸드폰에 뜬 이름은 라희였다.

[언니 있잖아……]

'응? 뭐지?'

뒤에 올 내용이 짐작 가지 않아 답을 않고 핸드폰을 그냥 바라만 보았다.

1분도 채 되지 않아 다시 알람이 울렸다.

[혹시, 내가 언니한테 뭐 실수하거나 잘못한 거 있어……?]

라희의 메시지를 보니 입맛이 싹 달아났다. 방금까지 입맛을 돌게 했던 빵 냄새가 더 이상 유혹적이지 않았다. 토스터를 끄고 다시 방으로 들어왔다. 그러고는 침대에 꼭 애벌레처럼 웅크린 채 누웠다.

방금까지 체온으로 따뜻했던 침대가 그 짧은 사이 차게 식어 있었다.

자신의 질투심이 라희에게 들켰다는 생각에 너무 부끄러워졌다.

지금까지 소윤이나 다른 친구들을 부러워하거나 축하해 주던 것과는 다르게 라희에게 향한 감정은 못생겼고, 냄새가 나는 기분이었다.

[아니. 그런 거 없어.]

거짓말로 라희에게 답장을 하고 눈을 꾹 감았다. 라희도 분명 알 것이다. 저 말이 거짓말이라는 것을. 그러나 지금 라희에게 무어라고 설명해야 할지 알 수 없었다.

평소보다 시간이 더 지난 뒤에야 라희의 답장이 왔다. 아마 라희도 메세지를 받고 한참 말을 고른 듯 했다.

[그래. 알겠어. 오늘 너무너무 멋있었어! 언니 푹 쉬어.]

[월요일 아침에 봐!]

이모티콘 하나로 답을 대신하고는, 몸을 다시 일으켰다. 라희의 답이 그래도 언니를 믿겠다는 말 같아서 더 아프게 콕콕 쑤셨다.

며칠 전 낙서를 하던 일기장을 폈다. [정라희, 질투, 부러움] 자신이 적어 놓은 것을 보던 매이는 샤프를 들고 단어를 하나 더 추가했다.

'열등감.'

자신이 지금 라희에게 느끼고 있는 것은 열등감이었다.

지금까지 외면하고 있었던 감정에 정확한 이름을 붙이고 나니 조금 후련하기도 했지만, 그 감정에 압도되는 기분이 더 컸다.

지금까지 누군가를 부러워하는 것도, 다른 사람과 비교하는 것도, 질투라는 것도 다 나쁘다고만 생각했기에 더더욱 자신의 마음 한가운데 자리한 열등감이 삐쭉삐쭉 못난 괴물 같이 느껴졌다. 온 마음을 다 찌르고 헤집고 다니는 그런 가시만 가득한 괴물 말이다. 괴물 때문에 상처가 가득한 속은 얼른 치료해 달라고 구조 신호를 보내고 있었다. 그러나 도무지 어디서부터, 어떻게 손을 대야 할 지 알 수 없었다.

＊＊＊

[나 오늘은 먼저 갈게.]

평소보다 한 시간 일찍 눈을 떴다. 그리고 곧 바로 소윤이와 라희에게 메시지를 보냈다.

준비를 빠르게 마치고 운동화를 신었다. 칫솔을 물고 화장실에 있던 아빠가 그런 내 모습을 보더니 황급히 나와 시계를 번갈아 쳐다보았다.

"나 학교에 숙제를 두고 와서."

"그래도 이 시간에?"

아빠가 칫솔을 물고 있느라 부정확한 발음으로 물었다. 시계는 7시 30분도 채 되지 않은 시간을 가리키고 있었다.

"응. 다녀오겠습니다."

거짓말이 들킬까 황급히 문을 나섰다.

혼자 학교 가는 길은 너무 허전하고 어색했다. 심지어 평소보다 이른 등굣길이라 학생들이 하나도 없어 썰렁했다. 양옆에 라희와 소윤이가 떠드는 소리가 들리지 않는 게 이상했다.

'평소에 학교가 이렇게 멀었나.'

매번 장난치며 순식간에 다니던 길을 혼자 걸으니 생각보다 긴 느낌이었다.

교실 문을 여니 역시나 자신이 가장 먼저 등교를 한 학생이었다. 책상에 앉아 정리를 하고 책을 보는데, 글자가 눈에 하나도 들어오지 않았다. 그래도 꾸역꾸역 페이지를 넘기고 있으니 친구들이 하나둘 들어오기 시작했다.

"야, 윤매이!"

소윤이가 문에서부터 큰 목소리로 외치며 들어왔다.

"왔어?"

"뭐야, 너! 왜 갑자기 혼자 먼저 가!"

"미안. 수학 학원 숙제를 학교에 두고 왔더라구. 그래서."

소윤이는 가볍게 눈을 한 번 흘기더니 자리에 앉았다.

"라희도 기분 좀 안 좋아 보이던데. 너희 토요일에 무슨 일 있었어? 너 그날 잘했다고 라희가 그러던데."

"어? 아니. 일 있을 게 뭐 있어. 진짜 문제집 두고 와서."

그 말에 잠깐 내 눈을 바라보던 소윤이가 이내 자신의 책상 서랍을 정리했다.

"그래. 근데 혹시라도 싸우면, 난 늘 네 편이야 알지?"

"……응."

눈치가 빠른 소윤이라 아마 아무렇게나 던진 말은 아닐 것이다. 무조건 자신을 믿어 준다는 말에 고맙기도, 미안하기도 했다.

그렇게 며칠이 흘렀다.

[언니 오늘도 먼저 가?]

아침에 온 라희의 문자를 보며 어쩌지 고민을 하다가 [응, 미안.]이라는 답장을 했다. 그러고는 서둘러 귀여운 이모티콘을 하나 덧붙여 보냈다.

비겁하게도 아직 라희의 얼굴을 볼 자신이 없었다.

매일 아침 먼저 간다고 문자를 보내는 나를 보며, 이삼일쯤 지나자 소윤이도 더 이상 묻지 않았다.

소윤이가 순간순간 하고 싶은 말을 참는 것이 보였지만, 굳이 묻거나 말을 꺼내지 않고 모르는 척했다.

쉬는 시간에도, 점심 시간에도 교실 밖으로 나가지 않았다. 혹여 복도나 계단에서 라희를 마주칠까 봐였다.

타이밍 좋게 2주 동안 글쓰기 학원도 일이 있어 일종의 방학을 맞이한 터였다. 여기에 수영 경기를 핑계로 이번 주는 수영도 쉬겠다고 엄마한테 말해 놓은 터라 라희와 만날 수 있는 기회를 다 막아 버렸다.

열등감이라는 가시 괴물을 얼른 없애야 했다. 그래야만 라희를 다시 볼 수 있을 것 같았다.

그러나 도움을 요청하는 깃발을 흔들며 점점 더 깊은 물 속으로 가라 앉고 있었다.

8. 메이데이, 매이데이

방과 후 미술 수업이 있는 금요일 오후였다. 오늘은 혼자 방과후 수업을 듣는 날이라 유일하게 홀로 늦은 하교를 하는 날이기도 했다.

수업이 끝나고, 사용한 팔레트를 세면대에서 씻고 있었다. 저 멀리서 선생님이 상장과 메달을 갖고 걸어오시는 게 거울 너머로 보였다. 얼른 물을 잠그고 손을 툭툭 털고는 평소와 다르게 복도를 빠르게 뛰어 선생님 앞으로 달려갔다.

걷는다고 해도 별 차이 없을 거리였지만 그것도 기다리기 힘들 만큼 기대감이 컸다.

"매이가 웬일로 복도에서 뛰지?"

선생님이 기분 좋게 웃으시며 아는 채 하셨다. 왜 뛰는지 알겠다는 웃음이었다. 나는 이미 다 들킨 기대를 뒤에 애써 숨긴 채 선생님을 올려다보았다.

"선생님! 결과 나왔어요?"

매화예술제 결과가 발표되는 날이었다. 선생님께 아침에 살짝 여쭤봤을 때, 아직 학교로 온 연락이 없다고 하셨다. 아쉬운 표정을 지으며 돌아서려는데, 아마 오후에는 결과가 나올 것 같다고 귀띔해 주셨다. 덕분에 하루 종일 롤러코스터를 타는 마음으로 조마조마하게 보냈다.

예술제에서 입상을 하면, 상을 탄 학생들의 작품을 모아서 책을 만들어 준다. 그 책을 꼭 한시원 선생님께 보여드리고 싶었다. 이번 글의 주제는 한시원 선생님이었으니까 말이다.

좋아하는 선생님께 다른 친구들처럼 호들갑스럽게 사랑 고백을 하거나, 애교를 부리지는 못하더라도 이렇게 자신의 사랑과 존경을 표하고 싶었다. 그리고 더불어 선생님의 인정을 받고 싶었다.

"우리 매이 엄청 기대했구나?"

양손을 꽉 마주 잡은 채 고개를 끄덕였다.

"어머 어쩌지……."

선생님이 과장되게 눈썹을 축 늘어뜨리시며 매이를 보았다. 선생님의 표정에 마음이 철렁했다.

놀란 내가 덩달아 시무룩한 얼굴을 하자 선생님이 개구진 표정으로 놀리듯 "우리 매이가 상을 받네?"라고 말씀하셨다.

그 말에 가슴을 쓸어내리고는 "아, 선생니임!" 하고 입술을 삐죽거렸다.

"축하해. 많이 기대했지?"

"네."

축하 인사를 받으며 선생님과 마주 보고 웃었다.

"우리 학교에서 수필로는 두 명이나 상을 받네?"

"두 명이요?"

"우리 매이는 장려, 그리고 한 명은,"

선생님이 상장을 확인하는 그 짧은 순간 침을 꿀꺽 삼켰다. 두 명이라고 하자마자 라희의 이름이 가장 먼저 떠올랐다. 동시에 자신도 모르게 라희가 아니었으면 하고 간절히 바랐다.

"아, 5학년 정라희. 이 친구는 우수상이네? 매이랑 친한 동생 맞지? 대단하네."

선생님이 손에 든 상장을 뒤적거리시며 혼잣말처럼 덧붙인 대단하다는 말에 울고 싶어졌다.

상을 받게 된 것에 대해 기뻐하는 마음이 아니라 '왜?'하는 억울함이 먼저 터져 나왔다.

왜 나는 장려인데 라희는 더 좋은 상을 받지?

내가 언니인데?

내가 더 글을 잘 쓴다고 생각했는데?

라희는 이번에 처음 참가한 건데?

더군다나 그 사실을 알려 준 사람이 내가 가장 좋아하는 사람인 한시원 선생님이라는 것까지. 모든 상황이 다 싫었다.

지금 이렇게 받게 되는 상이 잘했다는 칭찬이 아니라 그냥 라희보다 못하다는 말로만 들렸다. 계속 라희에게 밀리는 기분만 들었다.

이게 스스로 만들어 낸 열등감이고 질투라는 것을 알지만, 딱 거기까지였다. 이 감정들을 어떻게 해야 할지 전혀 알 수가 없었다. 엉키고 뾰족한 감정들은 마음속에 깊이 뿌리를 박고 안에서부터 사과 속 애벌레 마냥 야금야금 파먹고 병들게 하고 있었다.

"다음 주 월요일 방송 조회 때 상장 수여가 있을 건데, 매이가 말 좀 전해 줄래? 8시 50분까지 2층 방송실로 오라고?"

"……네에."

작은 목소리로 겨우 대답했다.

"고마워, 부탁할게! 어머, 또 선생님 찾네. 다음 주에 보자!"

선생님의 핸드폰이 울렸고, 그런 내 어깨를 가볍게 토닥인 선생님은 전화를 받으며 다시 빠르게 밑으로 내려가셨다.

복도에 덩그러니 서서 고개를 푹 숙이고 한참이나 그 자리에 있었다. 몇몇 친구들이 수업이 끝나고 나오면서 자신을 힐끗힐끗 보는 게 느껴졌다.

얼마나 지났을까. 흘러내리는 감정들을 겨우 추스르고 느릿느릿 교실로 움직였다. 미술 수업에 쓴 도구들을 물기도 닦아 내지 않고, 사물함에 쑤셔 박듯 넣어 두고는 가방을 메고 집에 갈 준비를 했다.

마음속 괴물이 더 빵빵하게 부풀어 한 걸음 한 걸음 움직일 때마다 온몸을 찔러 대고 있었다.

* * *

정신없는 일주일의 시작, 더 정신없는 학교 방송실이었다. 매달 첫 주 월요일에 있는 방송 조회 날이었다. 방송 담당인 한시원 선생님과 방송부원 학생들 그리고 교장, 교감 선생님까지 모여 있어 좁은 방송실에 발 디딜 틈이 없었다.

한쪽 구석에 그 사이에 몇몇 학생들과 함께 일렬로 서 있었다. 교장 선생님의 말씀 전 다양한 대회에 참여한 학생이나 동아리를 칭찬하거나 상장을 수여하는 시간이 있다. 오늘 그 대상이 되는 학생들이었다.

교내 팝송 대회에 참여해서 최우상을 받은 2학년 어린 동

생들이 자기들끼리 와글와글 떠들어서 시끄러웠다가 선생님
의 잔소리를 한 번 들은 다음에야 방송실이 잠깐 조용해졌다.

'나도 저렇게 작았었나.'

자신의 허리춤까지 겨우 올 것 같은 동생들을 보며 귀엽다
고 생각하기도 잠깐, 이내 마음이 불편해졌다.

"5학년 정라희 안 왔니?"

오늘 조회에 얼굴을 비추어야 하는 친구들의 이름과 얼굴
을 하나씩 대조하시던 선생님이 큰 소리로 물었다.

아이들은 고개를 이쪽저쪽으로 돌리며 서로 얼굴을 쳐다만
볼 뿐, 대답하는 학생은 없었다.

"매이야, 혹시 라희한테 말 안 했니?"

한시원 선생님의 질문에 방송실 모든 사람의 시선이 자신
에게 쏠렸다. 바로 옆에 서 있던 지환이도 자신을 쳐다보는
게 느껴졌다.

조회에 오지 않는다고 해서 라희의 상이 없어지는 게 아니
라는 것을 알면서도, 차마 라희에게 상 받으러 오라는 말을
하고 싶지 않아서 전하지 않았다. 순간의 비겁함이 만든 부끄
러움에 온몸이 빨갛게 달아오르는 것 같았다.

그런 나를 잠깐 바라보던 선생님께서 5학년 방송부원 한
명을 부르셨다.

“치현아. 5학년 7반 가서 정라희 불러올래?”

“넵!”

치현이가 계단을 우당탕탕 뛰어오르는 소리가 들렸다. 나에게 쏠렸던 시선들은 언제 그랬냐는 듯 자기들끼리 삼삼오오 떠드느라 거둬졌지만, 자신이 한 행동에 부끄러워 죽을 것만 같았다.

몇 분이 지나지 않아 방송실 문이 열렸다.

“죄송합니다!”

라희가 큰 소리로 인사하며 방송실로 쏙 들어왔다. 그런 라희의 얼굴을 볼 수 없어 바닥으로 고개를 떨어뜨렸다.

라희가 빠르게 옆으로 와서 섰다. 자신의 발만 보이던 시야에 라희의 발이 들어왔다. 라희의 양말에 귀엽게 그려진 캐릭터가 자신의 비겁함을 비웃는 것처럼 보였다.

그럴 리 없다는 것을 알면서도 눈을 질끈 감았다. 부끄러운 짓을 했다는 것은 나 자신이 가장 잘 알았다.

“언니언니.”

라희가 소곤거리며 나를 불렀다.

“보고 싶었어. 잘 지냈어?”

불과 얼마 전까지만 해도 매일 보던 사이에, 세상에서 가장 어울리지 않는 인사말이었다.

자신이 만들어 낸 이 상황이 너무 싫었다.

차라리 라희가 미운 애였으면 좋겠다고 생각했다.

라희가 얄미운 따라쟁이였으면 좋겠다고 생각했다.

라희가 자신을 이렇게나 좋아하지 않았으면 하고 바랐다. 차라리 나를 미워했으면 자신이 지금 라희를 질투하고, 부러워하는 게 이렇게까지 나쁜 일로 느껴지지 않았을 것이다.

그러나 알고 있다. 잘 알고 있다. 라희가 얼마나 자신을 좋아하는지. 분명 이유도 없이 심술을 부리는 자신의 후드티 밑단을 한 손으로 쥐어 오며 살살 흔드는 라희의 손길에는 애정과 믿음이 명확하게 묻어났다.

"나는 그래도 언니가 좋아."라는 말이 들려오는 것 같았다.

무슨 정신으로 상을 받았는지 기억이 나질 않았다. 먼저 상을 받고 나갔다고 생각한 라희가 방송실 밖에서 기다리고 있었다.

"언니 축하해."

"……라희 너도."

겨우 목소리를 짜내며 라희의 눈을 피한 채 대답했다.

"언니 있잖아……. 나중에 내가 쓴 거 꼭 읽어 봐 줄 수 있어?"

라희가 눈짓으로 부상으로 받은 예술제 문집을 가리켰다.

“……응.”

“나중에 봐.”

라희가 먼저 계단을 올랐다. 그런 라희의 뒷모습을 보다가 한 박자 늦게 교실로 향했다.

받은 상장과 문집을 대충 서랍 속에 넣어 두고는 하루 종일 축 늘어져 책상에 찰싹 달라붙어 있으니 소윤이와 지환이가 쉬는 시간마다 번갈아 가며 매이의 눈치를 살폈다.

“매이야, 아이스크림 사 줄까?”

소윤이의 질문에 엎드린 채로 고개만 저었다.

“윤매이. 어디 아파?”

이번에는 지환이의 목소리가 들렸다. 고개를 살짝 들어 눈만 빼꼼히 내밀고는 다시 또 고개를 도리도리 저었다.

“너 집에 안 가?”

소윤이의 걱정스러운 물음에 대답을 해야 할 것 같아 마지못해 입을 열었다.

“조금만 더 있다가 갈게. 먼저 가.”

튀어나온 목소리는 가라앉고 갈라져 형편이 없었다.

“교실에 혼자 있어도 괜찮아?”

“응. 나 좀만 더 있다가 갈게.”

"그래 알겠다."

지환이가 내 어깨를 톡 건드리고는 뒷문으로 갔다.

"야, 김소윤 먼저 나가자. 윤매이 나중에 연락해."

지환이의 부름에 소윤이가 마지못해 가방을 들고 교실을 나섰다. 몇 번이고 뒤를 돌아보느라 발걸음이 멈추는 소리가 들렸지만, 엎드린 채로 일어나지 않았다. 곧이어 뒷문이 닫히는 소리가 들렸다.

부드럽고 따뜻한 햇빛이 고요해진 교실을 가득 채웠다. 목덜미로 닿아오는 햇살이 기분 좋게 따끈했다. 그러나 마음은 한겨울보다도 더 시렸다.

한참을 엎드려 있다가 겨우 몸을 일으켰다. 책상 위에는 아침에 받은 상장이 있었다.

다시 그 상장을 보자 눈에 한가득 눈물이 고였다. 하루 종일 울지 않으려 애썼는데, 모두가 가 버린 지금 마음의 빗장이 풀려 감정이 쏟아지려 하고 있었다.

손바닥에 손톱 자국이 깊게 남을 만큼 주먹을 꾹 쥐고, 눈에 힘을 잔뜩 주었지만, 이내 눈물이 볼을 타고 흘렀다. 아무리 애를 써도 한번 흐르기 시작한 눈물을 멈추지 않았다.

고개를 숙이자 오늘 받은 상장 위로 눈물이 뚝뚝 떨어졌다. [장려]라는 글씨와 자신의 이름이 눈물 사이로 흐릿하게 번져 보였다. 어릴 때처럼 그냥 소리를 내 울기 시작했다.

너무 억울했다. 라희의 잘못이 아니었다. 그러나 자신의 잘못도 아니었다. 누구의 탓을 할 수도 없다는 걸 알지만, 그저 다 라희 때문인 것 같았다.

누군가 내게 손해 본 것이 무엇이냐 묻는다면, 대답할 수 없다. 사실 무언가 잃은 건 아무것도 없기 때문이다.

라희가 좀 더 잘한 것, 그뿐이었다. 라희가 자신의 상장을 뺏어간 게 아니었다.

다 알고 있었다. 그러나 지금은 라희가 잘했다는 말이 내가 그만큼 부족하다는 말로 밖에 들리지 않았다.

'내가 그렇게 모자란가?'

'내가 뭘 그렇게 못했지?'

'어떻게 해야 라희보다 잘하지?'

생각의 방향이 틀렸다는 것을 알면서도 한번 시작된 나쁜 생각은 순식간에 퍼져 나갔다.

"똑똑."

책상 위를 경쾌하게 두드리는 소리에 화들짝 놀라 엉망이 된 얼굴을 들었다. 책상 앞에 담임 선생님이 서 계셨다.

"선, 생, 히끕, 님."

펑펑 울다가 놀라기까지 하자, 자연스럽게 딸꾹질이 나왔다.

"윤매이."

선생님의 부드러운 목소리를 듣자마자 멈췄다고 생각한 눈물이 또다시 왈칵 쏟아져 나왔다.

선생님이 내 앞에 놓인 책상에 엉덩이를 걸치고 앉으셨다. 그러고는 양손으로 얼굴을 조심스레 들어 올려 눈물을 스윽스윽 닦아 주셨다.

위로가 가득 담긴 따뜻한 손길에 더욱 서러워져 "선생니임." 하면서 크게 소리 내며 눈물을 한 번 더 쏟았다.

"그래그래. 괜찮아. 속 풀릴 때까지 울어."

선생님은 한 손으로는 눈물을 계속 닦아 주시고, 다른 한 손으로는 어깨와 머리를 번갈아 가며 토닥여 주셨다. 그 손길에 거세게 요동치던 마음이 서서히 가라앉기 시작했다.

"이제 좀 괜찮아졌으면, 선생님 자리로 갈까? 이리 와. 선생님 앞에 앉아 봐."

선생님이 자신의 의자 앞에 학생용 의자를 하나 마주 보게 두었다. 느릿느릿 걸어 그 앞에 앉았다. 선생님이 휴지를 한 장 뽑아 건네셨다.

작게 "감사합니다." 인사를 하고는 얼굴을 정리했다.

내 손에서 순식간에 푹 젖어 버린 휴지를 가져가 버린 선생님이 부드럽게 바라보셨다. 그 따뜻한 시선에 다시금 눈물이 났다.

잠깐이지만 시원하게 울 수 있게 기다려 주신 선생님께서 뜬금없는 말을 툭 던지셨다.

"주먹을 꽉 쥐었다가,"

아직까지 조금씩 흘러나오는 눈물을 닦으랴, 코를 훌쩍거리랴 정신이 없었다. 이런 내 위로 선생님의 목소리가 내려앉았다.

"천천히 힘을 빼서 펴 보렴."

상황과 어울리지 않는 선생님의 말에 엉망이 된 얼굴을 들었다. 아롱진 눈물 사이로 보이는 선생님의 얼굴이 사뭇 진지했다. 선생님은 손을 뻗어 책상 위의 휴지를 한 장 더 뽑았다. 휴지가 톡 하고 뽑히는 소리가 상황과 어울리지 않게 경쾌했다. 선생님은 그 소리보다 더 경쾌한 손길로 내 코에 휴지를 갖다 대주었다.

"흥!"

선생님의 말에 나도 모르게 흥 하고 코를 크게 풀었다. 코를 가득 막고 있던 콧물이 빠져나가자 숨이 편하게 쉬어졌다.

"잘했어. 좀 시원하지?"

빠져나간 건 콧물인데, 시원한 건 마음이었다. 어느 쪽이든 조금 시원해진 나는 작게 고개를 끄덕였다.

"자, 이젠 주먹을 꼭 쥐어 봐."

"이, 이렇게요?"

손등으로 눈물을 마저 훔치고는 선생님의 이상한 주문에 맞춰 주먹을 꼭 쥐었다. 손등에 아직 마르지 않은 눈물 자국이 교실 창을 통해 들어오는 햇빛에 반짝하고 빛이 났다. 어찌나 힘을 꼭 쥐었는지 주먹이 가볍게 파들파들 떨렸다. 선생님도 같이 주먹을 꼭 쥐고는 내 주먹 앞으로 갖다 댔다. 작게 닿아오는 온기가 마음까지 전해져 오는 것 같았다.

"주먹을 쥔 상태에서는 아무것도 못 하겠지? 그럼 이제 손에 힘을 살살 풀어 볼까?"

선생님의 말씀에 힘을 꼭 주느라 파들파들 떨리던 손에서 힘을 조금씩 풀었다. 선생님이 시킨 대로 하느라 어느새 눈물이 멈춰 있었다.

"마음도 마찬가지야. 그렇게 안 좋은 생각을 꼭 움켜쥔 상태에서는 다른 아무것도 보이지도, 들리지도 않아. 그리고 안 좋은 생각은 힘이 세서 이렇게 움켜쥐고 있으면 온 주먹이 파들파들 떨리게 돼. 이러고 있으니 불편했지?"

"……네."

코를 한 번 더 훌쩍거리고 대답했다.

"그런데 힘을 푸니까 어때. 이제 좀 편하지?"

"네."

선생님이 느슨해진 주먹 사이로 손을 올리고, 조물조물 만져주셨다.

"봐, 힘을 푸니까 이렇게 손도 잡을 수 있잖아. 그치?"

손에서부터 한가득 전해져오는 온기에 마음이 좀 더 풀리는 것을 느끼며 고개를 끄덕거렸다.

"이번에 매이가 상 받은 글 읽었어."

울어서 퉁퉁 부은 눈으로 선생님을 보았다. 상을 받기 전에는 그 글을 꼭 보여 드리고 싶었는데, 상을 받은 지금 오히려 그게 부끄러웠다.

"고마워. 선생님이 매이에게 그리고 다른 친구들에게 그렇게 좋은 사람이라는 걸 알게 해 줘서. 매이가 쓴 문장 중에 '나는 한시원 선생님을 만나서 내가 사는 곳이 이렇게 다채롭고, 따뜻하다는 것을 알게 되었다.'라는 말이 너무너무 좋았어."

선생님의 말씀에 부끄러움에 얼굴이 빨갛게 달아오르는 게 느껴졌다.

"혹시 우수상 받은 친구가 쓴 글도 보았니?"

"라희꺼요? 아직이요."

"그 글 주인공이 매이던데, 매이가 괜찮을 때 꼭 읽어 봐."

그날의 주제는 [닮고 싶은 사람]이었다. 라희가 닮고 싶은 사람으로 자신을 썼다는 것은 전혀 모르고 있었다.

선생님은 내 감정이 가라앉는 것을 보시더니 의자에서 일어나셨다.

"음, 지금 이 상황에서 선생님이 보는 데 가방을 주섬주섬 싸면 매이가 좀 민망하겠지? 그러니 선생님은 잠깐 자리를 피해 줄게. 어때? 이제는 좀 가벼운 마음으로 집에 갈 수 있겠니?"

생각하지 못한 선생님의 배려에 멍하니 선생님을 보았다. 이런 따뜻한 분이라서 닮고 싶었다는 것을 다시 한번 느꼈다.

"아, 매이야. 아까 지환이가 선생님 찾아왔었어."

앞문을 여시던 선생님이 말씀하셨다.

"네?"

"나 체육관에 있었거든. 방송 시설 점검 나온다고 사람들이 와서. 그런데 지환이가 들어오더니 교실로 좀 가 달라고 하더라구."

"아……."

"나 찾느라 고생 좀 했을 것 같은데, 집에 가면 지환이한테 문자 해 줘. 덕분에 선생님이랑 잘 만났다고."

선생님이 특유의 개구진 표정으로 나에게 찡긋 윙크를 날렸다.

　선생님의 말씀에 지금까지 운 것과는 또 다른 이유로 얼굴
이 붉어졌다.

9. 색종이 책과 영화 약속

선생님이 나가시고 금방 자리에서 일어날 수 있었다. 혼자 교실에 있던 삼십분 전과 비교해서 좀 많이 후련해진 기분이었다.

그러나 아직 제대로 마주할 자신은 없었기에 문집과 상장을 대충 가방에 넣고 계단을 빠르게 내려갔다. 아직 눈과 코가 빨개서 혹시나 학교 안에서 다른 사람과 마주치기엔 부끄러웠기 때문이었다. 정문을 지나 핸드폰을 키자마자 벨소리가 울렸다.

"딸 어디야?"

핸드폰을 통해 아빠의 밝은 목소리가 들려왔다.

"나 이제 집에 가는 길! 아빠는?"

“아빠 이제 차 대고 집에 올라가려는데, 엄마가 늦는다네. 아빠랑 떡볶이 먹고 들어갈까?”

“좋아!”

요 며칠 유달리 축 쳐져 있던 자신을 위해 일부러 하는 데이트 신청인 듯 했다. 상가 유리창에 자신의 얼굴을 비추어 보고는 엄지로 퉁퉁 부은 눈두덩이를 꼭꼭 더 눌렀다. 아까 학교에서 나올 때 선생님이 일부러 챙겨 주신 시원한 음료수를 눈가에 계속 대며 걸었지만, 워낙 많이 운 탓인지 이미 눈에 붕어가 다섯 마리쯤은 살고 있는 것 같아 보였다.

‘아빠가 보면 놀라겠는데…….’

눌러도 별 소용 없는 눈을 한 번 더 보고는 머리를 긁적이고 아파트 쪽으로 걸어갔다. 입구에서 기다리고 있는 아빠가 보였다.

“아빠!”

내 목소리에 아빠가 자신이 있는 쪽으로 고개를 돌렸다. 퉁퉁 부은 내 얼굴을 본 아빠가 눈이 휘둥그래졌다.

“우리 딸 무슨 일 있었어?”

“아빠 나 떡볶이에 순대랑 튀김도 추가해 줘.”

질문에 전혀 다른 대답을 하는 얼굴을 빤히 쳐다본 아빠가 더 이상 묻지 않고 자신의 가방을 옮겨 메더니, 손을 잡았다.

“좋았어. 계란도 두 개 추가하자. 음료수도 사 줄까?”

“응!”

아무것도 묻지 않는 아빠가 고마웠다.

몇 번이나 입에 부채질을 하고, 음료수를 몇 컵이나 마시고서야 빨간 떡볶이를 다 먹을 수 있었다. 아빠는 “딸 후식?” 하면서 옆에 있는 편의점으로 들어가 아이스크림을 두 개 골라 왔다.

아빠는 팥맛, 자신은 메론맛 아이스크림을 한 손에 들고는 아파트 단지 안 놀이터 그네에 나란히 앉았다.

아이스크림을 다 먹을 때까지도 아빠는 별 다른 말을 더하지 않았다.

손에 남은 아이스크림 막대로 모래에 낙서를 하며, 얼굴을 바닥으로 숨긴 채로 아빠를 불렀다.

“아빠.”

“오냐, 우리 딸, 왜?”

“아빠는 이번에 동메달 딴 거 안 아쉬워?”

“응? 뭐가 아쉬워. 하나도 안 아쉬운데?”

“금메달, 아니 은메달이라도 땄으면 더 기분 좋았을 것 같아서.”

“그게 뭐가 중요해. 아빠는 그냥 수영이 좋고, 매이랑 같이 다니는 수영장이 좋은걸. 메달은 그냥 게임에서 가끔 주어지는 보상 정도랄까? 받으면 기분 좋지만, 없어도 충분히 재미있는 그런 거 있잖아.”

아빠의 말이 알쏭달쏭했다.

아빠가 마지막 남은 아이스크림을 홀라당 한입에 삼키더니 마저 말을 이었다.

“아빠는 이번에 라희랑 매이 덕에 더 재미있게 수영장을 다녔어. 만약 더 좋은 메달을 받겠다고만 생각했으면 이렇게까지 즐겁지 않았을 거야. 그리고 메달을 받아야만 잘하는 건 아니잖아? 스스로 좋아하고, 재미있어하고, 잘한다고 생각하면 다 잘하는 거야.”

“기록이나 메달을 받아야 잘하는 거잖아.”

“그걸 누가 정해? 그럼 메달 못 받은 사람들은 다 못하는 사람이야?”

아빠의 질문에 순간 말문이 막혔다.

“잘하고 못하고는 남이 정하는 게 아니야, 매이야. 남들의 시선이 신경 쓰이는 게 당연하지만, 아빠는 거기에 네가 갇히지 않았으면 좋겠어. 남이랑 비교하지 않고, 매이 하나만 놓고 생각해 봐. 내가 이걸 좋아하나? 이걸 할 때 기쁜가? 그랬을 때 ‘그렇다’라고 대답할 수 있으면 되는 거야. 남들이 뭐라고 하는 게, 어떻다고 생각하는 게 뭐가 중요하겠어. 그 사람들이 아빠 인생을, 매이 인생을 대신 살아 줄 것도 아닌데.”

발장난을 하는 나를 보던 아빠가 말을 이어 나갔다.

“그리고 누구나 잘하는 게 있고, 못하는 게 있어. 그건 당연한 거야. 내가 잘하고 싶어 하는 걸 이미 잘하는 사람을 보면서 욕심내고 질투하는 건 사실 당연해.”

지금까지 질투를 느끼고 있었던 것 자체가 잘못됐다고 생각했던 것을 어떻게 알았을까? 고개를 들어 아빠를 보았다.

“부러우니까, 나는 못 가진 걸 저 사람은 갖고 있으니까, 질투 나는 게 당연한 거야. 그런데 그게 매이를 괴롭히면 안 돼. 매이는 그 사람이 갖지 못한 다른 걸 더 가지고 있을걸? 아니면, 그 사람이 이미 잘하는 걸 보면서 배우면 되지. ‘아 저렇게 하면 더 잘할 수 있구나!’ 하고 말이야. 질투하느라 그대로 멈춰 있는 게 아니라, 부러우니까 더 노력하면 더 빨리 나아갈 수 있어.”

“아빠, 근데 노력해도 안 되면……?”

“음, 그럼 그때는 다른 더 좋아하는 걸 찾으면 되지?”

허무할 정도로 명쾌한 아빠의 목소리에 맥이 빠졌다.

“그게 뭐야…….”

“아빠가 살아 보니까, 내가 좋아하는 모든 걸 다 잘할 수는 없더라구. 물론 잘하면 좋지만, 눈을 돌려 보면 그거 말고 내가 놓치고 있던 다른 걸 더 잘할 수 있는 재능이 있을 수도 있고……. 그리고 내가 그걸 조금 못한다고 해서 누구도 나를 못났다고 평가하지 않아.”

아빠의 말을 듣고 보니 지금까지 자신을 괴롭혔던 것 중 하나는 ‘자신이 못나 보일까 봐’였다는 것을 깨달았다.

“그리고 우리 딸은 그냥 존재만으로도 아빠한테 최고야. 알지?”

한쪽 눈을 찡긋하며 웃어 보이는 아빠를 보며 자연스럽게 따라 웃었다.

내가 웃는 것을 본 아빠가 이제야 마음이 놓인다는 표정을 지으며 그네에서 풀쩍 내렸다.

“이제 집에 갈까? 아직 바람이 차다. 감기 걸릴라 우리 딸.”

“응!”

아빠가 앞에 서서 손을 내밀었다. 짝 소리가 나도록 손을 맞잡고는 앞뒤로 팔을 크게 흔들며 걸었다.

조금 알 듯 말 듯한 아빠의 말에 마음이 훅 가벼워진 느낌이었다.

집으로 돌아와서는 따뜻한 물로 세수를 했다. 거울을 보니 서늘한 저녁 바람에 얼굴이 많이 가라앉아 있었다.

[윤매이 집에 잘 갔어?]

[보면 연락해.]

[괜찮지?]

시간 차를 두고 지환이의 메시지가 연달아 와 있었다.

“아차.”

[미안. 나 선생님이랑 잘 만났어.]

[아까 고마워.]

지환이에게 후다닥 답장을 보내고는 책상 앞에 앉아 아까 아빠와의 대화를 곱씹어 보았다.

“아!”

그러다가 아까 선생님이 하셨던 말씀이 생각났다. 서둘러 책가방 뒤쪽에 대충 쑤셔 넣었던 책을 꺼내 라희의 글이 있는 페이지를 폈다.

[나에게는 너무나도 잘난 언니가 한 명 있다. 그리고 언니가 하는 걸 다 따라 하고 싶어하는 따라쟁이 동생이 바로 나다. 언니의 앞머리를 따라 하려고 가위를 들고 머리를 싹뚝 잘랐다가 엄마에게 혼이 나기도, 언니 그림을 따라 그린다고 크레파스를 들고 방문을 도화지 삼아서 그림을 그렸다가 아

빠에게 등짝을 맞기도 했다.

그렇게 하나둘 따라 하다 보니 언니한테는 만화 속 공주처럼 어울리는 긴 머리가 나에게는 세상에서 가장 어울리지 않는다는 것도, 나는 언니랑 달리 그림을 잘 그리지 못하고 또 좋아하지 않는다는 사실도 알게 되었다.

나는 언니를 따라 하며 더 잘하게 된 것, 잘하고 싶은 것 또 내가 잘하지 못하고 싫어하는 것도 알게 되었다.……]

그렇게 길지 않은 글이었지만, 그 안에 담겨 있는 마음은 깊고 넓었다. 담겨 있는 마음의 크기로 상을 결정 한다면 라희가 우수상이 맞았다.

아까 아빠의 말씀에 이어 라희의 글까지 읽고 나니 요즘 나 스스로를 괴롭혔던 것들을 어떻게 풀어 나가야 할지 알 것 같았다.

친구들끼리 노는 데 잘 끼지 못하면 별로인 애처럼 보일까 봐 처음부터 다가가지 못했다.

공부를 잘하지 못하면 선생님들께 안 좋게 보일까 무서워했었다.

무엇이든지 라희보다는 무조건 잘해야 라희가 자신을 지금처럼 좋아하고 잘 따라 줄 것이라고 생각했다.

하지만 아니었다.

낯을 많이 가려도, 가끔은 실수를 해도, 동생인 라희가 나보다 잘하는 게 있더라도 그것 하나로 나 자신이 결정되는 게 아니라는 걸 깨달았다.

그리고 남의 시선이나 평가에 내가 결정되는 게 아니라, 스스로 그냥 나 자신이 최고라고 괜찮다고 생각하면 된다고 말이다.

이제 무엇을 해야 할지 알 것 같았다.

책장에서 저번에 라희에게 받았던 색종이 책을 꺼냈다. 다시 한번 찬찬히 그것을 읽고는 책상 서랍을 뒤져 깊숙한 곳에 넣어 둔 색종이 상자를 꺼냈다. 그중에서 가장 예뻐서 아껴 둔 색종이들만을 골랐다. 그리고 이번에는 정확히 모서리를 딱 맞추어 반으로 접었다.

색종이를 차곡차곡 겹치고는 한 쪽씩 이야기를 적어 나가기 시작했다. 이야기의 주인공은 질투심 많은 언니와, 그럼에도 불구하고 그런 언니를 사랑하는 동생이었다.

이번에 쓴 이야기 속 언니는 동생에게 닿을 수 없는 구름이었다가, 가시가 많은 장미였다가, 멀리 도망가는 치타도 되었다. 그러나 결국 다시 동생의 손을 잡고 걷는 좋은 언니가 되었다.

다 쓰고 시계를 보니 한 시간이 훌쩍 지나 있었다.

표지에 [작가 ─ 윤매이]라고 적고는, 한 페이지를 넘겨 바로 뒷장에는 [윤매이가 정라희에게, 언니가 동생에게]라고 적었다. 아마 라희는 저 문장이 없더라도 이게 단순히 지어 낸 이야기가 아니라 자신이 라희에게 하고 싶은 말이라는 것을 충분히 알 것이다. 라희는 눈치 빠르고, 똑똑하니까.

하지만 돌려 말하는 게 아니라, 라희가 눈치껏 알아차리게 하는 게 아니라, 정확하게 말해 주고 싶었다.

미안하다고, 늘 나를 반짝거린다고 생각해 주는 너를 보며 나는 오히려 열등감을 가졌었다고 말이다. 그렇지만 이제는 알고 있다고, 네 덕에 내가 할 수 없었다고 생각한 것들을 할 수 있었고, 조금 더 나아질 수 있었고, 너를 보며 생긴 욕심들 덕분에 더 잘할 수 있는 원동력이 되었다고 말이다.

이렇게 정확하게 말해야 한발 더 나아갈 수 있을 것 같았다. 라희와의 관계도 그리고 나 스스로도 말이다.

서랍에서 지난번에 라희와 함께 샀던 토끼 스티커를 꺼내 야무지게 붙였다.

하트를 두둥실 띄우고 있는 토끼가 발랄해 보였다. 토끼의 머리를 손끝으로 쓸어 보았다.

"자, 가자. 사과하러."

의자에 걸쳐 있던 자켓을 입고, 한 손에는 핸드폰을, 다른 한 손에는 색종이 책을 구겨지지 않게 조심스레 들고 방 밖으로 나갔다.

"엄마! 아빠! 나 잠깐 나갔다 와! 라희 보고 올게!"

"응~."

"너무 늦지 않게 와야 해~."

안방에서 텔레비전을 보고 있던 엄마아빠의 목소리를 듣고는 집을 나섰다. 엘리베이터 올라오는 속도가 오늘따라 엄청 느리게 느껴졌다.

같은 아파트 단지인 라희네 집까지는 5분도 채 걸리지 않았다. 라희네 집 우편함에 책을 쏙 넣고는 주머니 속 핸드폰을 꺼냈다. 즐겨찾기 목록에 있는 라희를 찾아 채팅 창을 열었다.

불과 얼마 전까지만 해도 하루에도 수십 통씩 주고받던 메시지였는데, 오늘 켠 채팅 창의 마지막 메시지는 며칠 전이라고 떠 있었다. 그 시간 동안 이유도 없이 고민하고, 걱정했을 라희에게 미안했다.

[라희야, 아파트 우편함에 그때 약속했던 거 넣어 놨어.]

꼭 기다리고 있었던 것처럼 바로 메시지를 읽었다는 표시가 떴다. 우편함 밖으로 툭 튀어나온 색종이를 몇 번 톡톡 치고는 아파트 안에 있는 놀이터로 향했다.

핸드폰이 울려 '라희인가?' 하고 봤더니 지환이에게서 온 메시지였다.

[고마우면, 혹시 이번 주 토요일 시간 돼?]

메시지를 확인하고는 길 한복판에 멈춰섰다. 라희의 연락을 기다릴 때와는 또 다른 느낌으로 가슴이 쿵쾅거렸다.

무어라 답을 해야 할지 고민하고 있는데,

[언니 어디야?]

라희에게서 연락이 왔다.

[나 놀이터로 가는 중이었어.]

[그리로 갈게. 기다려.]

[응.]

라희를 기다리며 그네에 앉아 발끝으로 모래를 후벼팠다. 지환이의 연락에 이어 라희까지. 갑자기 롤러코스터를 타는 기분이 들었다.

일단 곧바로 마주하게 될 라희가 어떤 표정으로, 어떤 말을 하며 자신에게 올지 무섭기도, 긴장되기도 했다.

'언니가 어떻게 나한테 그런 생각을 하냐고 내가 밉다고 하면 어쩌지?'

'이제 더 이상 나를 좋아하지 않으면 어쩌지?'

고개를 숙이고 그네에 앉아 있는데 앞에 그림자가 드리워졌다. 얼굴을 들어 보니 상기된 표정을 한 라희였다. 라희는 곧 울 것 같은 표정이었다.

"언니……."

울먹거리는 목소리에 물기가 느껴졌다.

"라희야, 미안해."

나의 말에 더 표정이 울상이 된 라희의 손을 잡고 놀이터 앞 벤치로 갔다. 나란히 앉으니 아까 얼굴을 마주하고 말할 때보다 마음을 전하기 덜 부담스러웠다.

"네가 쓴 글 봤어. 나는 네가 닮고 싶은 사람으로 나를 썼을 거라고는 생각도 못했어."

"…… 늘 그렇게 생각하고 있었는 걸 ."

"나는 네가 좋은데, 좋은 거랑 같이 내가 너보다 모자라다는 생각이 들어서 힘들었어. 네 잘못이 아닌데 계속 네 탓을 하고, 너랑 비교하느라 정작 네 덕에 내가 할 수 있게 된 것들을 전혀 생각하지 못했어. 그냥 너는 너고, 나는 나라는 걸 이제야 알았어. 괜히 너한테 화풀이한 것 같아서 미안. 참 언니답지 못하다, 그치?"

말을 마치고 옆을 돌아보니 라희의 눈 주변이 발개져 있었다. '쿨쩍' 소리를 내며 숨을 크게 들이마신 라희가 입을 열었다.

"나는 언니가 너무 좋아. 나는 언니 덕분에 좋아하는 것들이, 잘할 수 있는 것들이 더 많이 생겼어. 그래서 언니도 나랑 같이 하면서 나처럼 즐거웠으면 좋겠어. 계속 내 언니 해 줄 거지?"

와르르 쏟아낸 라희의 고백 아닌 고백을 듣고는 크게 끄덕였다.

"응!"

"그럼 내일부터는 아침에 학교 같이 가는 거야?!"

"그럼!"

라희가 발개진 눈으로 푸스스 웃었다.

일주일이 조금 넘는 시간 동안 쌓인 이야기가 뭐 그리 많았는지 그네에 앉아 꼬박 한 시간을 정신없이 수다 떨었다. 두 사람의 핸드폰이 동시에 울려서 보니 시간이 늦어 걱정하는 부모님들의 전화였다.

"나 매이 언니랑 놀이터!"

"라희랑 놀이터에 있었어. 시간을 못 봤어. 죄송해요."

양쪽 부모님께 곧 들어가겠다는 말을 남기고 끊고는 서로를 향해,

"엄마가 늦었으니 우리 집 와서 마저 놀래."

“라희야, 우리 집 갈래?”

똑같은 말을 했다. 그게 웃겨 서로 마주 보고 와하하 웃었다. 이렇게 사소한 것 하나에도 같이 웃을 수 있는데 그동안 끙끙거린 시간이 아까워졌다.

“라희야 고마워.”

그런 나를 보며 한 번 씨익 웃은 라희가 그네에서 폴짝 뛰어내렸다.

“나 같은 동생 없다, 그치?”

“응 그럼.”

서로의 집에 가는 건 다른 시간 언제든지 해도 되니, 오늘은 이만 들어가서 쉬는 게 좋을 것 같았다.

집으로 향하는 갈림길에 서서 서로에게 손을 흔들고는 집으로 총총 걸어가는 길이 유달리 밝아 보였다. 평소와 같은 똑같은 가로등일 텐데 말이다.

“아!”

라희와 만나느라 아까 지환이에게 온 메시지에 답을 하지 않았다는 것을 이제야 떠올렸다.

[미안. 나 라희랑 이야기하느라 답장이 늦었어.]

[화해했어?]

“싸운 건 아니었는데…….”

그렇게 라희를 피해다녔던 게 티가 났나 민망해져 볼을 긁적였다.

[우리 안 싸웠어. 진짜야ㅠㅠ]

우는 모양의 이모티콘을 얼른 하나 덧붙였다.

[그럼 다행이다.]

[그건 그렇고, 너 토요일에 시간 괜찮아?]

지환이가 다시 한번 물어 왔다.

[나 시간 돼! 그날 아무것도 없어.]

이번에는 빠르게 답을 보내고는 지환이가 뭐라고 할지 두근거리며 핸드폰 창만 계속 쳐다보았다. 이미 아파트 현관에 도착했지만, 올라갈 수가 없었다. 일단 지환이가 왜 토요일을 묻는지 빨리 이유를 알고 싶었다.

메세지를 입력 중이라는 상태 창이 한참이나 떴다 사라졌다를 반복했다.

'무슨 말을 하려는거지?'

답장을 기다리다 못해 먼저 자판을 토독거리려는 찰나, 지환이의 메세지가 뾰롱하고 화면에 나타났다.

[그럼, 영화 보러 갈래?]

[그래! 소윤이랑 선우가 그러는데, 이번에 공포 영화 개봉했다더라.]

왠지 모르지만 일단 친구들의 이름을 끌어들여 메시지를 보냈다.

곧바로 읽었다는 표시가 떴다. 자신도 모르게 엄지손톱을 물어뜯고 있었다.

[너 무서운 거 싫어하잖아.]

[공포 영화 말고 다른 거 보자. 우리 예전에 다 같이 보러 갔던 애니매이션 이번에 2편 나온대.]

맥이 풀렸다. 역시 친구들 다 같이 가자는 뜻이었구나. 괜히 기대했다고 생각하며 한숨을 한 번 쉬고는 엘리베이터 버튼을 눌렀다.

엘리베이터가 도착함과 동시에 알람이 다시 울렸다.

[영화 티켓은 내가 살게. 네가 팝콘 사 줘.]

[둘이서만 가자 괜찮지?]

연이어 오는 지환이의 메시지를 보고서 놀라 엘리베이터에 타지 못하고 그 자리에서 멈췄다.

엘리베이터 문이 닫히고, 현관을 밝히던 불까지 꺼져 순간 까매졌다.

"어……."

무슨 뜻일까. 질문과 동시에 그 뜻을 알 것 같았다.

소리 없는 환호성을 지르며 얼른 손가락을 놀려 지환이에게 답장을 보냈다.

[응!]

그 움직임에 현관에 다시 깜빡거리며 상아색 조명이 반짝하고 켜졌다.

그와 동시에 마음 속을 한동안 시끄럽게 했던 빨간 비상등이 툭, 하고 꺼졌다. 매이의 구조신호를 받은 모두가, 그리고 그중 자신이 스스로를 가장 많이 보듬고 이해했기 때문이었다. 자신을 조금 더 자라게 한, 자라게 할 푸른 5월이 시작되고 있었다.

그 어느 때보다도 싱그럽고 푸른 5월이 말이다.

 작가 후기

이 이야기는 펑펑 울었던 어느 날 밤에서부터 시작됐습니다.

그날은 유달리 추웠고, 달도 뜨지 않는 깊은 겨울밤이었습니다.

내가 세상에서 가장 작고, 부족하다고 느꼈던 순간이었지요.

왜였을까요? 좋지 않은 일이 생기면 늘 '내가 나빠서, 잘하지 못해서,

스스로가 못나서' 벌어진 일이라고 자책했습니다.

화살을 쏜 사람은 없는데, 스스로 화살에 맞은 사람처럼 말이죠.

사실 이 책의 주인공은 저 스스로일지도 모릅니다.

이 이야기를 쓰지 않고는 버틸 수 없었던 것도 그 때문입니다.

'매이'는 제 안에서 작게 움츠러든 저에게 보내는 위로이자 응원이고,

다시 앞으로 나아가겠다는 다짐이기도 합니다.

그리고 제가 가장 사랑하는 제 학생들에게 보내는 마음이기도 합니다.

제가 아끼는 사람들 또한 이런 순간을 마주할 텐데, 그때마다 펑펑 울

더라도 다시 앞으로 나아가기를 바라는 작은 응원이랄까요.

여러분은 안 좋은 일이 생겼을 때 어떻게 하나요?

자기만의 방법을 찾은 친구도, 아직 그렇지 못한 친구도 있을 거예요.

제가 발견한 저만의 방법은 단팥빵, 흰 우유, 따뜻한 커피, 고양이, 딸기 케이크, 조용한 카페, 조용한 밤 좋아하는 음악을 들으며 걷는 공원, 수영하며 느끼는 고요한 물속 같은 것들이었습니다.

누군가에게는 '애개, 이게 뭐람?' 싶을 수도 있겠죠. 어떻게 보면 너무 사소하고, 누구나 다 한 번씩은 해 봤을 것들이니까요.

그러나 이렇게 사소해 보이는 것들이 힘든 순간을 빠져나오게 합니다. 작은 것들이 모여 나를 지탱하는 힘은 전혀 사소하고 작지 않더라구요.

여러분을 웃음 짓게 하는 작고 사소한 것들은 무엇인가요?

수많은 좋지 않은 일 가운데에, 나를 웃게 하는 한 가지를 찾는 일. 그리고 그 하나를 조금씩 늘려 가는 일.

그래서 안 좋은 일이 또다시 나를 거세게 두드릴 때, 여러분이 사랑하는 것들을 초콜릿처럼 하나씩 꺼내 먹으며 마음을 따뜻하게 데우고 그 거센 파도를 헤쳐나가길 바랍니다.

결국 나를 가장 깊이 아껴주고, 누구보다 따뜻하게 안아 줄 사람은 나 자신이니까요.

제가 겪었던 많은 파도 가운데에서 함께 아이스크림을 먹어 준 이영수 씨와, 단호하게 정답을 제시해 준 김향숙 씨에게 세상에서 가장 큰 사랑과 감사를 보냅니다.

이 글을 읽는 여러분의 매일도 늘 푸르고 따뜻한 5월처럼 이어지길 바라요.

매이

초판 1쇄 발행 2026년 2월 2일

지은이   이주현

펴낸이   김선기
편집   고소영
디자인   조정이
펴낸곳   (주)푸른길
출판등록   1996년 4월 12일 제16-1292호
주소   (08377) 서울시 구로구 디지털로 33길 48 대륭포스트타워 7차 1008호
전화   02-523-2907, 6942-9570~2
팩스   02-523-2951
이메일   purungilbook@naver.com
홈페이지   www.purungil.com

ⓒ 이주현, 2026

ISBN   979-11-7267-074-0 43810

• 이 책은 (주)푸른길과 저작권자와의 계약에 따라 보호받는 저작물이므로 본사의 서면 허락 없이는 어떠한 형태나 수단으로도 이 책의 내용을 이용하지 못합니다.